Kadokawa Fantastic Novels
U0075168
妹妹進入女騎士學園就讀，
不知為何成為救國英雄的人
竟是我。1
After my sister enrolling in
Girl Knights'School, I become a HERO.

妹妹
女騎士
雙馬尾×
鈴葉

非常抱歉！
我明明是哥哥的妹妹，
卻玷汙了最強的哥哥之名！

公爵千金
女騎士
學生會長
楪

唔呀……？
這裡是天堂嗎？

平易近人
魔法師
公主
橙子

那麼以後繼續
叫我橙子就好。
禁止稱呼我為殿下或大人喔。
絕對不行喔？

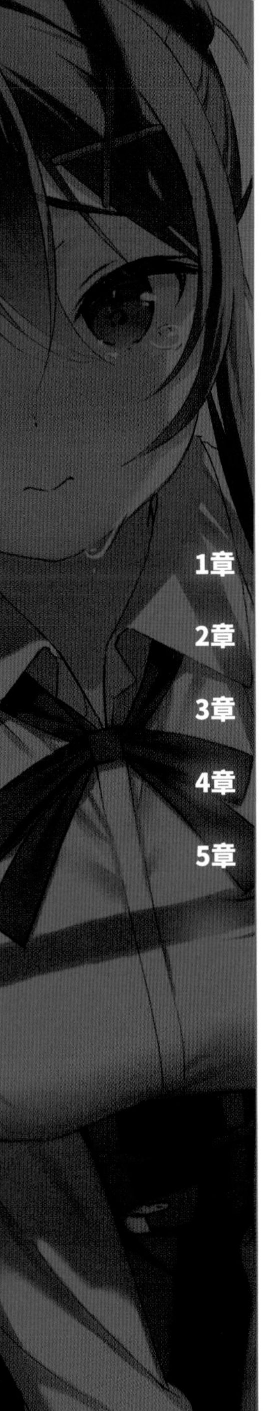

Contents

妹妹進入女騎士學園就讀，不知為何成為救國英雄的人竟是我。1

After my sister enrolling in Girl Knights'School, I become a HERO.

1

author.
ラマンおいどん
插畫 なたーしゃ

Kadokawa Fantastic Novels

1章

1

妹妹是王立最強女騎士學園一年級生

就在我猶豫今天晚餐要吃蕎麥涼麵還是吃烤魚時，妹妹鈴葉哭哭啼啼地回家了。

「哥哥、哥哥！嗚哇——————！」

「怎麼了？發生什麼事了嗎？」

我對著將臉埋進我胸口的鈴葉問道。

這才知道她會哭成這樣，好像是因為在學校跟高年級生單挑輸得很慘的關係。

「非常抱歉！我明明是哥哥的妹妹，卻玷汙了最強的哥哥之名！」

「不不不！我才不是什麼最強，我從來沒有這麼說過，畢竟我只是個普通人喔？」

妹妹從這個春天開始就讀王立最強女騎士學園。

那是這個王國中最受歡迎，入學難度相當高的學園，同時也是國家專門為了培育王國騎士所創立的教育機構。

入學考難得不得了，就連從小有專屬家庭教師伴讀，在良好的環境下成長的貴族大小姐也難以合格——就是難到這種程度。

從小生長在我家這種平民家庭的鈴葉光是通過入學考，就已經是相當驚人的成就。

「其實鈴葉已經很厲害嘍？不過這個世界非常寬廣，妳不可能永遠一直贏下去。」

「可是居然輸給哥哥之外的人……！」

「鈴葉將來會成為騎士，和很多厲害的對手戰鬥對不對？所以妳得從今天的失敗當中吸取經驗，好讓自己以後能贏過他們喔？」

「……是的，哥哥說得對。我還很不成熟。」

鈴葉的眼神恢復活力。

看來是冷靜下來了，太好了。

「那麼今天晚餐吃豬排丼吧？預祝妳下次再戰時能夠打贏。」

「哇啊～」

鈴葉最喜歡吃肉、油炸類、起司牛丼之類的食物，很符合運動型女孩的形象。

至少遠比蕎麥麵還有烤魚喜歡。

老是吃那種食物也不太好，不過今天就讓鈴葉盡情吃些喜歡的東西安慰她好了。

就在我轉身走向廚房時，鈴葉開口：

「哥哥，剛才說的再戰啊……」

「嗯。」

「大概會在這星期，晚一點也是下星期。」

「未免太快了吧？」

儘管鈴葉就讀的是培育騎士的學校，但是這麼頻繁與特定對手對戰是正常的嗎？就在我覺得不可思議時，鈴葉再次說道：

「我想到時候的對手應該是哥哥，而不是我。」

「……為什麼是我？」

「我在輸掉之後覺得很不甘心，離開時忍不住說聲：『哥哥比我厲害多了。』」

「呃……」

「然後她一直追問我那句話是什麼意思。」

「……我有不好的預感。」

「因為她問得鉅細靡遺，所以我把哥哥的事一五一十告訴她了。總而言之就是跟她說我的哥哥多麼厲害多麼棒，又多麼有男子氣概，還幫我鍛鍊出這個身手。然後她就對哥哥產生很大的興趣。」

「…………」

「她說最近想拜訪我們家，我馬上就答應了。呵呵，居然特地過來讓哥哥教訓一頓，真是個愚蠢的女人。」

「……鈴葉，妳今天晚上沒飯吃。」

「為什麼！」

最後我覺得正在成長的運動型女孩沒晚飯吃實在太可憐，於是晚餐從大碗豬排丼變成半碗清湯烏龍麵。

鈴葉似乎因此深切反省。

2

這天我剛走出家門想去採買晚餐材料時，一名陌生的美少女向我搭話。

「你就是鈴葉的兄長嗎？」

「呃……請問妳是？」

「沒先自我介紹是我失禮了。我是王立最強女騎士學園的學生會長，椺・櫻木。」

「那豈不是貴族嗎！」

提到櫻木家，自然會想到這個國家三大淵遠流長的公爵世家之一。

其地位和權威僅次於王族，堪稱大貴族中的大貴族。

這個國家的高階貴族裡，只有直系族人能報上自己的姓氏。

因此如果她所言不假，眼前的少女毫無疑問是貨真價實的大貴族。

「我有話想找你談，所以前來拜訪。請問現在方便嗎？」

「當然了。家裡有些髒亂，還是歡迎妳。」

「哪裡。打擾了。」

於是我回到家裡邀請楪小姐進門。

絕對不要違逆貴族。

這是老人家流傳下來的智慧，得以讓身為平民的我們安穩地生活下去。

「我去泡茶。」

「啊，不用麻煩了。」

儘管楪小姐這麼說，但是這種情況不可沒有任何款待。

我泡了家中最好的茶葉，並端出家裡現有的煎餅。楪小姐嚐了一口便皺起眉頭。看來比想像中還要硬。

「那麼請問妳有什麼事呢？」

「是的。我從鈴葉那裡聽聞你的事，因而對你產生興趣。」

「鈴葉說的嗎？」

「你似乎覺得很奇怪，看來鈴葉沒有告訴你是怎麼回事吧。那麼我從頭說明吧。」

聽完來龍去脈之後，我感到非常驚訝。

原來之前鈴葉打輸的那場單挑，就是輸給樑小姐。

面對實力高超的王立最強女騎士學園最高年級生，並且還是成績頂尖的學生會長，單挑打輸也是理所當然的事。

「哈哈，看來我家的笨妹妹給妳添了不少麻煩。」

「不會，我不是為了那件事來找你的。況且我們學園沒有什麼貴族和平民之分，那場對決也是由我主動發起。和入學考榜首的新生一對一對決，藉此考察學生會候補成員的實力，乃是我校的傳統。」

「所以妳不是因為那件事引發什麼問題才來找我的？」

「當然了。」

根據她接下來的說法，樑小姐似乎也對與妹妹鈴葉的戰鬥感到樂在其中。

至於理由則是因為鈴葉是史上第二個在入學考的戰鬥實技測驗當中，達成「擊敗現役騎士考官合格」壯舉的人。

順帶一提，第一個達成這項壯舉的人，就是兩年前入學的楪小姐。

「——然後在入學之後，不論是實技訓練還是定期測驗，我在學校裡從來沒有輸過。就在我感到有些無趣時，和我做到同樣的事的鈴葉出現了。很久沒有遇到這麼有骨氣的人，讓我對她相當期待。」

「這樣啊。那麼她讓妳失望了嗎？」

「怎麼會。她比我想像中的還要出色。」

「喔——」

「毫無疑問比兩年前的我還要厲害。我拚上身為學生會會長的名譽和尊嚴才好不容易贏過她，老實說當下無論誰輸誰贏都不奇怪。鈴葉的身手就是這麼厲害。」

「謝謝妳的誇獎。鈴葉要是知道妳稱讚她，肯定也會很高興。」

鈴葉儘管態度和善，其實對於外人不太感興趣。

除非對方的能力與她相當，或是她承認比自己更強大的人。

例如我或是楪小姐。

所以楪小姐的誇獎一定會讓鈴葉很開心。

「而且在那之後，她提起更令我感興趣的事。」

啊，莫非——

「在分出勝負之後，鈴葉說出我不曾料想的話——」

「真是非常抱歉！」

我以俐落的動作跪在地上向櫟小姐道歉，打斷她的發言。

那是沒有任何多餘的動作，有如行雲流水的下跪道歉。

「她有告訴我那天說了些狂妄的話。是我家沒有好好教導笨蛋妹妹在面對貴族時該有的禮儀——！」

「啊，別這樣，你不要道歉。我不是來責備你們的。」

「……不是嗎？」

我維持跪下的姿勢稍微抬頭窺伺，就這麼看到坐在椅子上的櫟小姐裙底的內褲。顏色是薄荷綠。

這不是重點。

櫟小姐以困惑的表情要我坐下，於是我連忙跪坐在地上。

「就說不是你想的那樣……算了。不過我是真心希望你不要在意我貴族的身分，也不要管什麼禮數。女騎士學園的校規明令禁止學生利用身分欺壓別人，我也不喜歡這樣。」

「這樣啊……」

「所以接下來請你不要顧慮我的立場，直接告訴我事實——鈴葉說過她的兄長比她還要

強，這是真的嗎？」

「呃，是比她厲害啦。好歹我是哥哥。」

「把鈴葉的身手鍛鍊到這種程度的人是你，這件事也是真的嗎？」

「這也是真的。話雖如此，我也只有教她自己的戰鬥方式而已。」

「每天都會在鍛鍊之後仔細幫鈴葉按摩身體呢？」

「畢竟我身為哥哥只能幫她做這點事。」

「嗯……」

楪小姐伸手靠著下巴，似乎在思考什麼。

如果我的預測正確，這個話題再繼續下去會很不妙。

雖然我在心中祈禱測落落空——

「鈴葉的兄長，總之可以和我交手嗎？當然要使出全力。」

不好的預測實現了。

為什麼非得和對自己的身手有自信，而且還是貴族大人的女學生戰鬥不可啊？這個情況也太慘了。

＊

因為楪小姐的好意，我們來到王都近郊的廣闊森林。

這個地方似乎是櫻木公爵家的家產，所以不論我們鬧得多凶都不會被罵。

不過我的想法是希望她在顧慮這點之前，先考量一下不用戰鬥的可能性。

不知道我這麼想的楪小姐面帶笑容說道：

「希望鈴葉的兄長能答應我一個請求。在戰鬥時絕對不要手下留情。當然了，我也會使出全力和你一戰。」

「喔……」

「看來你沒什麼幹勁呢——好，我明白了。要是你的表現能夠讓我滿意，我就以公爵家的名義加以獎勵。這樣應該多少能夠打起幹勁吧？」

「那就開始吧，馬上開始！請妳隨時放馬過來！」

「也太現實了……」

真希望她不要瞧不起平民。

再怎麼不情願執行貴族大人的命令，只要有獎勵就能讓我認真動手。要是能夠增加晚餐配菜就太棒了。

「算了，趁你還沒改變心意之前開始吧——！」

榤小姐朝我飛躍而來。

以驚人的速度逼近我。

她的速度明顯比鈴葉更快，這點令我相當意外。

至於原因——

「喔——晃得好厲害……」

榤小姐經過鍛鍊的身材顯得修長，是女騎士的理想體型。

就連我這個外行人也看得出來。

然而胸前有一對發育良好的乳房，大小完全不輸給大顆西瓜。

妹妹鈴葉的胸部也很大，但是榤小姐的胸部與她不相上下。

所以我才會認為她的動作會比較遲緩。

但是榤小姐的速度幾乎沒有被胸前的重量拖累，向我急速衝刺而來。

本該受風壓擠壓的胸部像是要朝兩側分開一般猛烈擺動。

「……啊。」

當我想著這種蠢事時，榤小姐已經來到我的面前。

毫無疑問打從一開始就沒有手下留情的打算。

她揮出緊握的拳頭，竭盡全力的直拳。

喋小姐的必殺一擊狠狠命中我的臉。

3（喋的視點）

喋．櫻木是個有著殺戮女戰神（Killing goddess）稱號，眾所皆知的超級名人。她在友方的眼裡是受人崇敬的勝利女神，在敵方眼中則是有如死神的可怕存在。

喋擁有女神一般的絕世美貌以及有如女戰神的驚人戰力，與這個稱號極為相襯。

同時身為櫻木公爵家的直系長女，在十歲時初次上陣之後便大肆活躍於各式各樣的戰場。到了十五歲進入王立最強女騎士學園就讀時，打敗的敵兵數量已經超越十萬。

王立最強女騎士學園入學考的戰鬥實技測驗是讓學生與精挑細選的高階騎士一對一對決。這是自從創校以來的傳統。

會如此安排，很顯然是為了避免考官被學生打倒這種極為丟臉的情況。

然而喋打破了這個傳統。

她在與高階騎士考官一對一的對決當中戰勝對方。

所有人都相當震驚，紛紛對楪讚譽有加。

楪也理所當然地在一年級時就被推舉為學生會長，在學園之後的各項定期測驗中，同樣不停取得勝利。

然而——

時至今日，她甚至認真覺得比起過去有所成長的自己，可能是世界上最強的人。

儘管楪對於沒有挑戰性的狀態感到失望，仍未停止鍛鍊自己。

（竟、竟然沒用？而且不僅如此！）

楪使盡全力朝臉揍了一拳當作開戰的問候。

這是楪的必殺拳擊，甚至曾經一拳打壞城門。

不過如果是那個鈴葉讚不絕口的兄長，應該能夠輕鬆避開。

然而——

（他不僅沒有躲避的意思，用臉接下這一擊還毫髮無傷……！）

就勝負來看的話，光是這一擊便已高下立判。

楪的本能下意識理解自己絕對無法勝過眼前的男性，並且深刻感受到自己已經舉起白旗認輸。

她不禁渾身顫抖。

——這是首次遇到實力遠在自己之上的絕對強者，因此意識到自己是個弱者時的人類本能。

那是與楪為敵的無數敵兵以及目睹她的強大的友軍，一直以來接收到生存本能不由自主感覺到的恐怖，這次終於輪到楪自己體會而已。

與此同時，一種截然不同的原始情感也深深刻在她的靈魂深處。

那是身為女性本能的吶喊，吶喊著自己想和強大的男人，而且是能力遠勝於自己的男人合而為一——

而且在楪的心境面臨如此震撼之時，鈴葉的兄長更是加以追擊。

「那個……已經結束了嗎？」

「什——！」

對於鈴葉的兄長而言，只不過是在楪對自己使出一記沒有作用的拳擊停下來之後，向她確認是否滿意了而已。

老實說，他的想法像是在懷疑這麼簡單就能得到報酬。

但是對於楪來說，這只不過是顯而易見的挑釁。

妳的程度就這麼一拳嗎？——感覺對方正在質問自己。

當然這單純只是她誤會了。

「怎、怎麼可能——有這種事啊——！」

楪以瘋狂的模樣不斷使出各種攻擊。

高踢、反向勾拳、佯攻、戳眼、關節技——

每一擊都是楪至今為止最強大的致命攻擊。

極度集中的精神狀態讓楪發揮出遠超過沉眠於體內的全力，一連串的攻勢皆灌注了全副的心神。

但是——

這一切的攻擊，沒有任何一擊能傷到鈴葉的兄長——

4

自從楪小姐拜訪我們家，並單方面揍我一頓之後過了幾天。

「鈴葉，今天吃漢堡排喔。」

「哇啊～哥哥做的漢堡排保留了肉的口感，我最喜歡了。」

「因為是特製的粗絞肉漢堡排嘛。」

就在我家吃晚餐時，楪小姐再次來訪。

而且還帶著一名沒見過的大叔。

「楪小姐，妳好。呃——這名先生是哪位呢？」

「我是楪的父——遠親。」

是父親！你剛才明明想說父親！

這位不管怎麼看都像是大貴族的中年男性，肯定就是楪小姐的父親。

也就是說……是這個國家三大公爵家的……？

「啊——我是楪的遠親，不用這麼客氣。」

慌慌張張的我正想下跪致敬時，楪小姐的父親如此制止了我。

「你就叫我……嗯……叫我亞瑟就行了。」

亞瑟不就是櫻木公爵家現任家主的名字嗎！

有名到連我這個平民都知道！

「楪小姐，這是怎麼回事……？」

我瞇起眼睛看著他們，楪小姐苦笑開口：

「好了好了，鈴葉的兄長。總之就是這麼回事，不用顧慮我們。我就只是個沒有貴族平民之分的學生，正如父——亞瑟大人所說，不用這麼客氣。」

「這樣啊……」

對我來說這樣確實很令人感激。

畢竟我可不想因為什麼失禮的行為被殺。

話雖如此，面對兩位來訪的大貴族，也不能沒有任何款待。

「呃——我們正好要吃晚餐，今晚吃的是漢堡排……兩位要一起吃嗎？」

「那我們就不客氣了。」

還真是果斷。

話說你是大貴族的家主吧？吃東西前不用試毒沒關係嗎？

「鈴葉的兄長，請不用擔心父——亞瑟大人。即使是大貴族家主，只要上了戰場就沒有空做什麼試毒的事。所以平常就沒有試毒。」

「請不要讀取我腦中的想法。」

還有妳是不是已經忘記他不是大貴族，而是遠親的這個設定了？

＊

我家的漢堡排意外大受好評。

公爵邊喊著：「好吃！太好吃了！」邊大吃特吃，甚至還要求再來一份，惹得樸小姐說聲：「我的父——亞瑟大人給你們添麻煩了。」低頭致歉，不過漢堡排也要再來一份。

因此我特別為了鈴葉準備的大量漢堡排就這麼被吃得一乾二淨。

鈴葉淚眼汪汪地瞪視吃光漢堡排的兩人，身為父親的櫻木家公爵完全加以無視，女兒樸小姐則是轉身吹起很爛的口哨。

是說鈴葉，不可以瞪視貴族。

「呼，好久沒吃這麼飽了。」

公爵滿足地拍了拍肚子。我開口詢問他們來訪的目的：

「請問兩位今天過來有什麼事嗎？」

「嗯。關於這個嘛。」

公爵彷彿這下子才想起來一樣轉頭面對我。

「聽說有個男人打敗我的女——樸。」

「……什麼？」

「不是我在自誇，我的女——榤是這個世界最強，同時也是最可愛的女孩子。我絕對不會讓她嫁給平民！」

「等等，父、父親大人！」

「呃，您說得對。」

榤小姐既強大又可愛是客觀的事實，身為父親會有這種想法也是理所當然吧。

還有榤小姐已經承認這位是她的父親了，我就不吐槽了。好麻煩。

「然而竟然有個男人輕輕鬆鬆打敗了她。我當然不能置之不理，於是今天過來親眼看看那個男人。」

「……咦？」

我在幾天前確實與榤小姐有過一場對決，或者該說是類似對決？

就我看來只是榤小姐單方面痛打我一頓而已。

而且到了最後榤小姐「嗚……嗚、嗚哇啊啊啊啊啊——」哭著跑走了，我還沒搞清楚狀況就草草結束……這就是之前那場對決的始末。

「那個……記得我只是單方面挨打而已啊……？」

「唉～你到底在說什麼啊。」

對於我理所當然的抗議，榤小姐一副「哎呀呀，你根本什麼都不懂」的樣子聳肩。

之前明明是妳痛打我一頓，這個態度是怎麼回事？

「鈴葉的兄長聽好嘍。這個世界只有你能被我認真毆打卻毫髮無傷喔。另外我要補充一下，我的全力一拳可以輕鬆秒殺高階騎士。」

「怎麼能對一個平民做出這種事啊！」

先不論榤小姐對自己的武力有種神祕的自信，我真想好好告訴她既然知道有多危險，就不要用那種攻擊打在別人身上。

面對我義正辭嚴的抗議，榤小姐連忙說道：

「鈴葉的兄長別誤會了。我在出手之前就認為你絕對不會有事，而且事實上不也平安無事嗎？」

「這種說法是只看結果吧？」

「結果才是最重要的喔。我畢竟是大貴族，時常被要求拿出成果。」

抬頭挺胸的榤小姐擺出「怎麼樣，我很可憐吧？」的模樣，我只能隨口表達認同。

雖然覺得被她模糊了焦點，但是我沒有當面吐槽貴族的勇氣。至於一不小心說出口的不算在內。

「所以你們到底想做什麼？」

聽到我詢問結論，樑小姐好像早知道我會這麼說一樣立刻回答：

「聽說鈴葉的兄長也有陪鈴葉訓練對吧？希望你能讓我們旁觀。」

「……這樣就行了嗎？」

「嗯。只要看了兩位的戰鬥訓練，父親大人就能大致理解你的強悍。」

樑小姐這番話讓鈴葉感到困惑，似乎覺得很奇怪。

「可是如果想見識哥哥有多厲害的話，樑小姐再跟哥哥再打一場不是最快的嗎？」

「……我實在不願意讓父親大人見到我慘敗的模樣。還請諒解一下。」

「原來是這樣。」

鈴葉似乎接受了這個理由，但是我完全無法理解。

話雖如此，我也沒有興趣在身為大貴族家主的父親面前被他的愛女痛毆，所以還是不要有意見好了。

「鈴葉，既然這樣馬上開始吧。」

「……真是沒辦法。沒想到和哥哥兩人的訓練會被人打擾……」

「好了，在客人面前要正經一點。這樣吧——要是鈴葉好好努力，明天就來舉辦炸雞慶典吧？」

「來吧！哥哥！今天也要全力以赴！」

——我和鈴葉接著便開始訓練，至於楪小姐他們在一旁全程觀看，彷彿要將我們訓練的情景深深記在心中。

之後讓楪小姐大感震驚的不僅是訓練過程，在訓練前後為了讓鈴葉的肌肉澈底伸展所進行的全身按摩同樣也是。

我們只是平民，受了傷無法靠治療魔法立即治好。

所以才會盡可能伸展全身的筋骨避免輕易受傷，如此而已。

見到我細心為鈴葉按摩的景象時，楪小姐滿臉通紅地指著我們驚呼：「不、不知羞恥！太不知羞恥了！」真搞不懂她是什麼意思。

5（楪的視點）

深夜的櫻木公爵府邸。

公爵與女兒在家主的書齋裡，以嚴肅的表情看著彼此。

「好了。楪認為那個男人如何？」

「公爵家應該吸收那個人才。」

櫟毫不猶豫地如此斷定。

「我認為我們公爵家絕對要儘早把他納入麾下，這一點毫無疑問。當然他的妹妹鈴葉也是相當了不起的人物，能夠一起吸收是最好的，但是招攬鈴葉的兄長才是重中之重。」

「看來妳給了他絕佳的評價。」

「不，父親大人。絕佳已經不足以評價他──就我個人的淺見，能否招攬鈴葉的兄長將會大大影響我們公爵家的未來。」

「妳為什麼會這麼認為？」

櫟用無法抑制激動的語氣，盡可能將自己的想法轉達給父親。

「首先最讓我驚訝的是就連我也得費盡苦心才能戰勝的鈴葉，在他面前宛如毫無抵抗力的嬰兒一樣遭到壓制。」

「……不是因為那是訓練的緣故嗎？」

「看到鈴葉的眼神和動作就能明白她是認真的。她使盡全力想在面對自己的兄長時贏下一招。就連與我相差無幾的鈴葉都不夠格當他的對手。」

「嗯。那麼那個男人究竟有多強呢？」

「從我和他交手的感覺，還有鈴葉至少擁有騎士團頂級強度來看，鈴葉的兄長能夠輕易

打倒鈴葉，實力最少在騎士團長之上。說不定……是這個國家最強的人。」

棵繼續說下去：

「然而最讓我震驚的是那個『柔軟體操』和『按摩』。」

「喔？」

「和鈴葉戰鬥時真正讓我感到驚訝的，是她那無比靈活的肢體動作，以及可動範圍極大的身軀。她的身體看似柔軟，肌肉卻有如壓縮至極限的橡膠，蘊含充滿爆發力的力量。」

「那種體質是她強大的祕訣嗎？」

「我也是這麼認為。不過——」

「怎麼樣？」

「……如果那身絕佳的肌肉，是基於鈴葉的兄長的柔軟體操以及按摩，藉由人為催生出來的呢……？」

「……唔！」

公爵啞口無言。

鈴葉那身驚人的頂級肌肉，就連自己這個身為稀世女戰神的女兒都讚不絕口。

她竟然對自己展示了那是由人為催生的可能性。這就是公爵說不出話來的原因。

「父親大人。老實說我甚至想立刻把鈴葉的兄長綁來這座宅邸，讓他每天每天從早到晚陪我訓練。然後在訓練結束後請他花數個小時用那種頂級的按摩方式幫我澈底放鬆肌肉。」

公爵也親眼見識過那個男人施展的按摩術。

他仔細按摩妙齡妹妹的身軀，不僅是手臂和肩膀還有腳，甚至還細心按揉臀部和大腿根部，藉此確認妹妹全身的整體狀態，整個過程彷彿傾注了愛意。

平民兄妹這麼做倒是還無所謂。

倘若大貴族之女被平民如此對待，那麼便大有問題。

即便主張這是護理的手法，若是被外人得知肯定會成為醜聞。

關於這點楪應該也能理解。

因此公爵開口告誡：

「楪，妳應該明白，那是不可能被允許的。」

「……是……。」

「另外還有一點。」

公爵鄭重地說道：

「我們公爵家無法即刻著手招攬那個男人。」

「這——！」

公爵這番話使得難以置信的楪激動辯駁：

After my sister enrolling in Girl Knights'School, I become a HERO.

「父親大人！你老糊塗了嗎？即使父親大人最近沒有上戰場，應該也能輕易體會鈴葉的兄長擁有的實力！」

「冷靜一點，楪。」

「這要我怎麼冷靜！若是應對方式出了差錯，鈴葉的兄長很有可能被其他貴族——不，這樣還算好的了！要是他被敵國攏絡，我國有可能面臨亡國的危機！」

「這點我很清楚。夠了，冷靜聽我說，楪。」

見到公爵以嚴肅的態度靜靜勸誡自己，楪總算冷靜下來。

「是、是我失禮了。可是父親大人——」

「我承認那個男人是個傑出的人物，也理解他是我們公爵家絕對要攏絡的人才，但是這個過程必須極為謹慎。」

「這是為什麼呢？」

「因為妳啊，楪。」

「……咦？」

看樣子妳不懂啊——對於愣愣眨眼的楪，公爵不禁搖頭說道：

「妳在戰場上取得巨大的功績，妳的存在也因此在我國變得極有分量。現在甚至有部分貴族表示下任國王不該出自現任王室，而是由妳來繼任成為女王。」

「我知道有一夥人不懷好意地胡說八道，但是我完全沒有這種想法。」

「重點不在於妳的意志。問題在於妳恰好擁有可以實現這個事實的知名度、血統，以及能力。」

真是的，如果我們家的爵位不是公爵，而是男爵那種低階貴族的話，這種情況還好處理——公爵繼續說道：

「目前王室與我們公爵家所擁有的權力，正處於極為危險的平衡狀態。若在此時毫無顧忌地將戰力和妳相同——甚至在妳之上的男人吸納進我們公爵家，妳認為會發生什麼事？若是他的妹妹也順帶一起的話呢？」

「權力將會失衡……？」

「沒錯。我國的貴族社會將會一分為二，肯定會展開內戰爭奪下任王位的所屬權。而這與妳或那個男人的意志毫無關係。」

「不、不不不不可以讓這種事發生！」

僅在王族之下，位列貴族階層最高序列的櫻木公爵家初代家主是時任國王的親弟弟，在那之後，櫻木公爵家也和王族一直維持姻親關係，並將代代輔佐王室視為家族使命。

櫟同樣也在這種教育下，確實繼承這個觀念。

一聽到自己有可能成為國家分裂的原因，她會驚訝到臉色發青也是理所當然。

「可、可是這麼一來……！父親大人是說我們公爵家無法攏絡鈴葉的兄長嗎……？」

「別露出這種表情。抬起頭來。」

「……可是……」

「當然了，那個男人終將成為我們家的一員。」

「！」

樑迅速抬起頭來。

「為了達成這個目的，我們必須細心準備。畢竟要是走錯一步就會引起內戰。」

「好、好的！」

「最重要的是不能讓其他人認為我們隱匿那個男人的存在。為此需要讓他在某種程度與王族有所交流，並且稍加宣傳，讓他在貴族社會獲得最低限度的認知。」

「不過這麼一來豈不是有被別人奪走的風險嗎……？」

「妳覺得我們的權力是用來做什麼的？若是有妄想從我們手中奪走那個男人的蠢蛋，只要將之擊潰即可。」

「——我明白了。儘管我不喜歡濫用權力，但是這件事實在太過重要，不是我堅持這點的時候。」

樑一邊說一邊點頭，表情再次沉重起來。

「可是王室肯定也會想要鈴葉的兄長的能力吧……？特別是橙子又是這麼聰穎。」

公爵之女楪和第一公主橙子年齡相仿，彼此的關係可以說是盟友。

楪是女騎士，橙子是魔法師，儘管兩者所學截然不同，但是共通點很多。

超群的存在感，迷人的美貌。

宛如世上男性的妄想化為實體，美得過火的身材。

壓倒性的戰鬥力，僅憑一人就足以匹敵軍隊。

同時——皆受到兩位下任王位繼承人的王子排斥。

「我無法想像橙子羨慕地袖手旁觀的模樣。父親大人，我們究竟該怎麼辦……？」

楪當然完全不想和最好的摯友橙子相互爭鬥。

但是身為貴族，有時必須為了家族拋下私情。

不曉得是否理解楪心中的糾葛，公爵一副理所當然的樣子斷定：

「我們當然不可能毀了王室。但是這一次，王室有個致命的弱點。」

「弱點嗎？」

「非常簡單。」

「所以是——？」

「妳不明白嗎？」

公爵將手靠著下巴。

「王室成員只能與王族或是高階貴族通婚。從過去到現在毫不例外。」

關於這點，在公爵家悠久的歷史當中，有過少數家族成員與平民結婚。

公爵斷言這是王室與公爵家最大的差異。

畢竟將來到了關鍵時刻——

王室無法使用，只屬於自己的致勝一步——

6

最近鈴葉回家的時間變晚了。

因為加入了王立最強女騎士學園學生會。

以一年級新生及平民的身分加入學生會，似乎是相當罕見的大事。我真為自己的妹妹感到驕傲。

不過如果只是這樣就好了。

「哥哥，我回來了。」

「歡迎回家，鈴葉。今天的晚餐是小魚乾、涮豬肉片，還有烤竹輪喔。」

「「哇啊～」」

楪小姐和鈴葉一同歡呼。

最近楪小姐每天放學都會和鈴葉一起來我家。

不不不，公爵家的小姐整天跑來我們這種平民家庭也奇怪了——然而我只能把這句話藏在腦中，沒辦法當面吐槽貴族大人。

而且撇除貴族的身分不談，我是非常歡迎鈴葉的朋友來家裡玩的。

「楪小姐不介意的話也一起吃吧。」

「是嗎？那就不好意思了，請容我一起用餐吧。」

不不不，楪小姐，妳剛才不是和鈴葉一起歡呼了嗎？

「話說楪小姐有吃過小魚乾這種東西嗎？」

「在家裡沒吃過。不過鈴葉家的餐點十分美味，我每次都很期待。真不好意思。」

「不會不會。畢竟妳每天都很關照鈴葉嘛。」

好的，至於為什麼楪小姐最近會來我們家，根據她們的說法好像是這麼回事。

一、自從鈴葉加入學生會以來，身為學生會長的楪小姐似乎每天都很熱心指導她學生會的工作。

二、在學生會的工作結束後，樸小姐又會和鈴葉以實戰形式——也就是毫無顧忌的認真對決進行熱血澎湃的指導。

三、訓練之後鈴葉變得渾身是傷又筋疲力盡，要是任由她自己回家，路上遭遇暴徒襲擊的話將無法反抗，所以由樸小姐送她回來。

……不是，前面那兩點就算了，我覺得最後一點真的是多餘的。

我想鈴葉就算再怎麼疲憊，如果只是被暴徒或是普通士兵包圍這種程度的情況，還是有辦法反擊的。

「鈴葉的兄長，聽好嘍。她毫無疑問，絕對需要由我護送她回家。」

「是嗎？」

「當然了。如果是正常的鈴葉還能對其他人手下留情，不過在受傷且疲憊的狀態下，應該沒辦法好好控制力道吧。」

「啊……原來妳是顧慮這個……」

「一不小心把來襲的暴徒揍得體無完膚，被趕來的警備兵不停詢問情況可是很麻煩的喔？沒錯，遠比戰鬥還要麻煩……」

樸小姐望著遠方出神。

看樣子想起了不好的回憶。

這就代表她肯定有過這種經驗吧？

＊

楪小姐一邊稱讚：「好吃好吃！」一邊把充滿平民氣息的晚餐小魚乾吃光了。甚至還多吃了幾份。

問題在於晚餐之後。

楪小姐專注地盯著我幫鈴葉按摩的模樣。

「盯——……」

「……那個……」

「盯——……」

「楪小姐……？」

老實說，被她這麼緊緊盯著，我很難繼續幫鈴葉按摩。

我非常明白這些舉動看上去很不得體。

畢竟是為了讓鈴葉的深層肌肉澈底放鬆，看起來甚至像是把手指戳進肛門裡面。確切來說還是有些不同。

「……那、那個……妳是不是有什麼話想說……？」

「不、不是的！並不是這樣的！我絲毫沒有想請鈴葉的兄長替我的身體進行深度按摩的想法喔！」

「這、這樣啊……」

既然如此，希望妳別用一副不甘心的眼神盯著我。

其實檪小姐也曾經接受過我的按摩。

那天的情況也和今天一樣，我在幫鈴葉按摩時，由於她一直緊盯著不放，只得客套地發問：「檪小姐要不要也來試試看？」結果她立即回答：「這、這樣嗎？凡事都要嘗試看看，那我就試一次吧！麻煩你了！」

可是——

按摩完畢之後似乎一臉不滿，又像是意猶未盡的樣子，所以應該不喜歡我的按摩——

「……果然不一樣。」

「咦？」

「鈴葉的兄長幫鈴葉做的按摩和我完全不一樣。這到底是為什麼呢！」

「這是當然啊。我們不是兄妹，檪小姐又是大貴族，當然不能做些能讓身體深度放鬆的按摩吧。」

「太不公平了。這豈不是歧視貴族嗎？」

這位公爵家的直系長女，妳到底在說什麼啊？

「不不不，要是用和鈴葉一樣的方式幫妳按摩，被妳父親發現的話可不單純只是失禮了，我和鈴葉都會鋃鐺入獄斬首示眾喔？」

「父親大人絕對不會有意見。不僅如此，我用我的一切保證絕對不會問你的罪。」

「在顧慮這一點之前，就常識來說也越線了。」

「為什麼？」

「妳不是還沒出嫁的女孩子嗎？」

「假如我在和未來丈夫的初夜之前被你侵犯了肛門，而他的氣度狹小到連這種小事都無法接納，那麼他便欠缺娶我的器量。那種人我才不要。而、而且要是萬一沒有人娶我，也還有個讓你負起責任的祕技……」

「請妳冷靜一點。不要說什麼沒器量，就普通人的觀點是楪小姐的舉止大有問題喔？」

「唔，話都是你在說。」

楪小姐不知為何不甘心地咬牙切齒。

就在我煩惱不知該如何收場時，在我停止按摩的手下方，鈴葉彷彿突然想到什麼：

「楪小姐或許只是想要變強而已。」

「——嗯？」

「哥哥的按摩確實與這個世界的所有按摩都不一樣，非常獨特。所以她會有那種想法也是理所當然吧？」

「楪小姐都那麼厲害了還想變強嗎？」

「不論多麼強大，不斷向上挑戰的欲望都不會消失。哥哥應該也很清楚吧。」

「嗯……」

如果真的是這樣，總感覺不太好意思拒絕她。

而且楪小姐已經明言我不會有任何罪名。那麼——

「這、這個嘛。那麼楪小姐要試一次看看嗎？」

「唔！」

「和我幫鈴葉進行的按摩一樣完美放鬆身體最深處肌肉的深度按摩。當然按摩的方式如妳所見，要是被其他人知道，楪小姐很有可能沒辦法嫁人，所以不勉強——」

我的話讓楪小姐產生劇烈的反應。

剛才還一副不甘心到快哭出來的模樣，現在卻瞬間露出燦爛無比的笑容，接著連忙擺出淡然的表情。

她或許是覺得展露感情的貴族會被人小看吧。

但是嘴角仍止不住地上揚。

看起來完全不像大貴族千金。

「這這這這樣啊！哎呀原來如此，既然你這麼想按摩的話就沒辦法了！」

「不是，真要說來我是非常反對——」

「不不不，你不用再說了！畢竟我同時也肩負著貴族義務（Noblesse oblige），有必要理解平民的按摩是怎麼回事！」

「咦咦咦——」

「對了，你絕對不能因為我是貴族就有留一手的想法喔？麻煩你像對待鈴葉一樣，用最好的技術全心全意幫我按摩！」

「……好吧，也是可以。」

於是樑小姐馬上脫掉衣服，穿著一件內褲趴在床上，我便如她所願全力對她按摩。

順帶一提，我的按摩在習慣之前是非常痛的，不過我依照她所說的毫無顧慮地揉按她的身體。

這就導致每當我的手指按壓樑小姐的肌肉時，她就會像條釣上岸的魚一樣全身抽搐。

至於樑小姐今天的內褲是黑色的。

見狀的鈴葉用很佩服的表情說聲：「這、這就是醞釀出貴族大小姐性感氛圍的高級內褲呢……！」身為哥哥的我不禁有些擔憂。

7

某個假日，櫟小姐有事找我和鈴葉。

我們搭上公爵家準備的高級馬車，目的地竟然是櫻木公爵府邸。

比起驚訝無比的我，坐在身邊的鈴葉一臉沉靜，應該早就知道我們要去哪裡了吧。

既然知道就跟我說一聲啊。這對心臟很不好。

「喲，歡迎你們兩個。」

我們直接被帶往櫻木家廣大腹地的深處，連開口詢問找我們來做什麼的時間都沒有。

「鈴葉的兄長，謝謝你今天應邀前來──我今天想和鈴葉一起接受你的指導，這一整天就麻煩你嘍？」

「指導嗎……？」

「沒錯。就是你平常陪鈴葉進行的戰鬥訓練和實戰訓練。當然還有柔軟體操和按摩。」

「喔～」

After my sister
enrolling in
Girl Knights'School,
I become a HERO.

我不太能理解大貴族的想法。

老實說我會訓練鈴葉，當她實戰訓練的練習對手，指導她柔軟體操，還有幫忙按摩身體，都是因為我們是平民的關係。

假設我家有普通貴族或是富裕平民的家境，我絕對會僱用專人照料鈴葉，即便不像楪小姐這樣富有也會這麼做。

她到底有什麼打算呢？

「鈴葉的兄長表情看起來很凝重呢。不過你不用想太多，今天只是想請你稍微陪陪我們。當然了，我會確實支付一整天的指導費用。」

「不用了，我只是個外行人，不會跟妳要什麼指導費。」

「別這麼說，還是收下吧。那麼時間寶貴，我們趕緊開始吧。」

＊

楪小姐帶領我們來到蓋在離宅邸有段距離的訓練場。

一走進建築物內部，就能看見正中央有個直徑約三十公尺的魔法陣正在散發光芒。

就連不太懂魔法的我也看得出來，那是極為精緻的魔法陣。

肯定需要花費一大筆錢。

「來吧，這座魔法陣就是比試場地，也就是說我們要在魔法陣裡面戰鬥。」

「這個魔法陣有什麼效果呢？」

「這個魔法陣擁有讓陣中死去的生物重生的力量。也就是說——」

「也就是說？」

「不論在戰鬥訓練中死去幾次都能復活，是個非常方便的東西。」

「用這個魔法陣進行戰鬥訓練的用處是？」

「從結果看來，訓練的成效無論如何都比實戰差，問題就出在有沒有可能死亡。」

我很清楚這個道理。

不管怎麼累積訓練的經驗，有一點都無法比得上實戰。

那就是人在真正感受到生命危機時，將會促使能力飛躍成長。

爆炸性的成長，以及有時會被稱為覺醒的進化，總是在面對極度的生命危機時才會被迫展現潛力。

「這個——確實很吸引人。」

「對吧？」

原來如此，楪小姐應該很厲害。

藉由刻意讓生命遭遇危險促進自己大幅成長，普通人絕對辦不到這種事。

一個人就算再怎麼強悍，接連經歷這種事總有一天會迎來真正的死亡。

然而只要有那個魔法陣，就能克服這個缺點。

「鈴葉的兄長很清楚呢——這個世上有些愚者認為就算死再多次，只要能夠復活就沒有意義呢。」

「嗯，應該會有人這麼想吧。」

「這讓我想叫他們死一次看看。人類擁有的生存本能才不是那麼簡單的東西。就算心裡再怎麼清楚『能復活』，真正面對死亡時腦內仍會大量分泌腦內啡，也會不由自主地出現走馬燈。多虧於此，我對於兒少時期的記憶十分清楚呢。」

「這樣啊。」

她的意思是體會過無數次走馬燈後，使得平常記不住的記憶也會鮮明地留在腦裡吧。

「鈴葉的兄長，這就開始毫不手下留情的訓練吧——！」

一開始以為是鈴葉和楪小姐一起訓練，我只是待在一旁偶爾參與。

可是訓練的形式很快變成鈴葉和楪小姐一起與我交手的實戰。

她們兩人同時朝我襲來。

鈴葉剛開始出手還有些猶豫，但是很快就習慣了，不停襲向我的要害。她是真的拿出真本事瞄準我的要害，就連一公釐的誤差也沒有。

槺小姐就更不用說了。

話雖如此，槺小姐大概比鈴葉強上一兩個檔次，所以下手時相當手下留情吧。

畢竟我連騎士都不是，只是個外行人。

「——哥哥！為什麼！我的攻擊！打不中你！」

「要是被打中會死啊。」

就算能夠復活，我也不想體驗死亡。

鈴葉對我使出貫手、迴旋踢、掌底擊和戳眼，偶爾甩個巴掌。

每一招都是威力驚人的攻擊，只要紮實挨了任何一下就會死。

我不斷避開她的攻擊，沒辦法完全迴避就用轉身的方式讓她襲向要害的攻擊落空。

一同攻擊我的槺小姐也是一樣。

不過她的攻擊更加銳利，使我好多次陷入危機。

但我還是好不容易躲開了。

要是她們兩人能好好配合，說不定我真的已經死了。不過能夠復活就是。

8（公爵的視點）

見到為了報告前來家主書齋的女兒，公爵不禁驚訝地瞪大眼睛。

「——楪，妳那個表情是怎麼回事？感覺像個自以為是最強的人類，結果面對絕對強者時輸得一敗塗地，因而體認到自己只是不值一提的普通女人，連尊嚴和自我價值都被破壞到體無完膚，只能強忍著委屈快哭出來的小女孩啊？」

「父親大人……既然這麼清楚，請你別說出來……」

「被我說中了嗎？」

說中了。

楪當然沒有低估鈴葉兄長的實力。

至少她是懷著這個想法進行實戰訓練的——

「沒想到竟然連一下都打不中。」

「一下都打不中嗎？」

「是……」

「這是妳懷著殺死那個男人的殺意，更有被他殺死的心理準備，拚死戰鬥的結果？」

「是……」

「妳從以前就已經習慣那種訓練方法。就連這樣也辦不到嗎？」

「……非常……抱歉……」

楪低下頭來，大顆大顆的淚珠接連滴落地面。

她就是感到如此屈辱。

壓倒性的實力差異——差別宛如大人與小孩，甚至在此之上。

但是。

「不過……還是有其成果。」

「唔？」

「我透過今天的訓練，見識到至今為止無法想像、不可能存在世上的至高武藝——不，是見識到極致的暴力，並且切身體會。如此一來未來將能變得更加強大。」

「我有個疑問……那個男人為什麼會那麼厲害？」

對於自己的父親，同時也是公爵的提問，楪擦拭淚水沾濕的臉龐說道：

「說實話，我完全無法理解。他的強悍就是如此荒謬。」

「這樣啊。」

「因此我有個推測，即使如此不介意的話。」

「說吧。」

「依照鈴葉的兄長的解釋，他似乎沒有做過超出尋常訓練之上的努力——然而不同之處就在於按摩。」

「嗯。」

要是有人用認真的態度告訴自己強悍的祕訣在於按摩，一般人都會一笑置之。

但是公爵已經聽楪報告過好幾次。

這很可能正是鈴葉讓楪——數次在眾多戰場展現絕對的無雙之姿，獲得殺戮女戰神稱號的楪也為之驚嘆的變強祕訣。

「他為鈴葉施展的那種頂級按摩術，似乎也會每天用在自己身上。每天仔細地進行效果更好的專屬按摩。」

「那就是他強大的祕訣嗎？」

「恐怕正是如此。」

楪先是停了一拍，繼續說下去：

「鈴葉的兄長天生對於武術有著超越一流的悟性，更加驚人的是那身肌肉。」

「看起來只是個肌肉發達的年輕人。」

「不是這樣的，父親大人不可以被他的外表蒙蔽。舉例來說，我有自信自身肌肉的柔軟度、密度、爆發力，以及韌性都輕易超出普通士兵數十倍——但是鈴葉的兄長的肌肉品質遠超過我，屬於超級優良的那種級別。」

「喔？」

「彼此之間的差異，就像獲得世界頂級評鑑會最優秀獎的超高級牛和普通耕牛之間的差別——不，應該更加巨大吧。」

「這種事……真的有可能嗎？」

「不曉得。但我也只能想到這點了。」

「倘若那種按摩術真的存在，堪稱革命性的鍛鍊方式吧……！」

「是的。對於鍛鍊和培育士兵理論來說都是革命性的變化。」

「而且不僅如此。若是某方勢力率先得到那種方法，想必便能得到確實足以統一世界的戰力——」

在那之後兩人又交談了一會兒，公爵讓女兒離開書齋。

他在變得安靜的書齋裡皺起眉頭思考。

「平民女孩和她的哥哥嗎……」

即便面對�時說得這麼嚴厲，其實公爵對於自己女兒的戰鬥力有著極高的評價。

如此看好的楪即使處於壓倒性有利的環境，依然對那個男人束手無策。

公爵對於鈴葉的哥哥的評價原本就極高，看樣子有必要再往上修正。

「果然要靠聯姻嗎……可是，嗯……」

在公爵的眼中，女兒楪已經成長為令人難以置信的魅力美少女。

她的美貌就連精靈也相形見絀。

身材也是前凸後翹，特別是胸部的發育更是遠勝魅魔的程度。

公爵不認為以娶楪為妻當成條件要求加入公爵家，有哪個男人不會欣然答應。

不過亞瑟不僅是公爵家的家主，更是溺愛子女的父親。

要是強行逼迫楪進行政治婚姻，她也會加以反抗吧。

公爵強烈希望女兒自由戀愛，不受到家族左右未來。

更重要的是，對於出生就是大貴族的公爵而言，如果女兒的結婚對象是個平民，無論如何都會有所掛念。

畢竟在公爵瞞著女兒偷偷為她尋找的結婚對象候選清單上，至少都是王族或是他國的皇太子，或者是大貴族。

「……算了，反正——」

公爵揉著太陽穴唸唸有詞。

「就讓你好好承擔弄哭女兒的責任吧……呵呵呵……」

公爵的女兒不是只有櫟。

只要返回公爵家領地，選項還有次女和三女，以及許多帶有櫻木家血統的適齡女孩。

先將把誰嫁給他這點放在一旁。

無論如何，公爵都已經決定將鈴葉的哥哥攏絡至公爵家了。

公主與討伐哥布林與吸血鬼（死鬥篇）

1

有一天，鈴葉告訴我希望協助她進行學園的測驗。

「妳想要我幫妳考前特訓嗎？」

「不是的，哥哥，不是那樣。」

仔細一問才知道王立最強女騎士學園一年級的第一場期中考是討伐哥布林，學生們將花費幾天的時間遠征哥布林聚落。

至於鈴葉就是想要我一起參與遠征。

「聽說是人手不足，楪小姐直接指定要哥哥一起去。嗯，竟然會指名哥哥，身為學生會長算是很有眼光吧——那麼哥哥打算怎麼做？楪小姐說她會好好支付日薪。」

「當然要去啊。」

對我而言沒有什麼選擇的餘地。

畢竟這等於是大貴族下達的指名召集令。

雖然不曉得她要我做什麼，但是除了答應以外沒有其他選擇。

＊

測驗當天。

我和鈴葉一起來到學園的集合地點，便見到楪小姐和另一名陌生美少女。

看起來年紀和鈴葉還有楪小姐差不多。

從她能夠輕鬆與楪小姐交談的模樣看來，肯定也是貴族吧。

看到我們靠近，少女便以爽朗的笑容對我打招呼。

「嗨嗨，你就是傳說中的鈴葉兄嗎？」

「那個稱呼是怎麼回事？」

「因為你是鈴葉的兄長吧？所以叫你鈴葉兄。我是橙子，今後請你多多指教嘍。」

「也請妳多多指教。」

她應該是貴族，但是態度相當隨和。

另外橙子小姐雖然報上名來，但是沒有說出家名與爵位。

這代表她不想被世俗的身分束縛，弭除彼此身為貴族與平民的身分差異，打算與我們建立對等的人際關係。那麼我就心懷感激地接受她的好意。

不過用字遣詞還是要多加注意就是了。

「那個……橙子小姐和鈴葉同樣是新生嗎？還是和楪小姐同班呢？」

「都不是喔。我是學園的相關人士沒錯，但是並非學生。和鈴葉兄一樣。」

「啊，是來幫忙的。」

「就是這樣。我擅長魔法，實在當不了騎士呢。」

「……哼，真敢說……」

「吵死了——楪少多嘴。」

楪小姐一副有話想說的態度，看來這位橙子小姐不僅僅只是學園請來的幫手。

她的穿著打扮也很有魔法師的風範。

王立最強女騎士學園制服上半身是白色襯衫搭配蝴蝶結領結，下半身則是迷你裙加過膝襪，橙子小姐一身黑的服裝和穿著制服的兩人完全不同。

帽緣很寬的黑色三角帽、黑色襯衫，以及吊帶襪搭配黑色長靴。

黑色熱褲與吊帶襪之間是緊實的大腿。

另外有著黑色眼眸及齊肩的黑色短髮，手裡還拿著一把魔法師專用的法杖。

「我們都是來幫忙的，接下來就麻煩妳多關照了。」

「嗯嗯，鈴葉兄。請多指教嘍——」

「其實我只聽說要來幫忙，完全不知道要我做些什麼。」

「嗯——？沒關係，沒什麼大不了的，你不用太在意。到時候我也會下指示。」

「謝謝。」

看著低頭致謝的我，橙子小姐滿意地點點頭。

「那麼——首先讓我騎在你的肩膀上吧。」

「好的……啥？」

「告訴你，我可是身嬌體弱的魔法師，長時間步行對我來說很辛苦對吧？所以鈴葉兄應該可以扛著我走吧？」

「……那是可以，不過騎肩膀有什麼意義嗎？」

「我太矮了，沒辦法好好看清四周的情況呀——」

這是沒關係啦。

於是我鑽到橙子小姐緊實豐滿的大腿之間，稍微用點力站了起來。

「喔——好高好高！看得好清楚呢——」

橙子小姐像個孩子一樣興高采烈。

我小心保持平衡避免她掉下來，隨後感覺到有人用手指戳我的背。

「那個，哥哥……等等也可以讓我騎肩膀嗎……？」

「我是沒關係。不過鈴葉穿的是裙子，這樣會走光喔？」

「唔……！我不想讓哥哥見到我不檢點的模樣……可是騎哥哥的肩膀這點實在太吸引人了……！」

鈴葉認真地煩惱了起來。

不過就算讓鈴葉騎在肩膀上，也看不到她的內褲就是了。

2

教官及數十名新生走在險峻的山中。

但是我們一行人不在其中。

至於要說為什麼，則是因為我們的職責是「在暗處悄悄保護大家，協助新生們的測驗順利進行」——

「……話說今年的新生資質好像不太好呢？」

一直騎在我肩膀上的橙子小姐，望著遠方的新生們說出有些嚴厲的評語——

「別這麼說。如果用我或是鈴葉當標準，那就是橙子的想法有問題。一般來說剛入學的大小姐們就是那個水準。鈴葉的意見也和我一樣吧？」

「那個……我也是青春洋溢的新生喔？」

「鈴葉嗎？不要騙人了，妳展現的氣勢有如已經毀滅三四個敵國師團了。甚至讓人懷疑妳是不是偽造年紀入學喔？」

「哥哥，她們好過分。請幫我教訓她們。」

「我怎麼可能這麼做！」

話雖如此，見到鈴葉和身為公爵千金的楪小姐關係好到能夠開玩笑，讓我這個身為平民的哥哥暫且放心了。

毫不畏懼地面對兩位貴族的吾妹真的滿厲害的。

「——對了，橙子小姐。我有件事一直感到很在意。」

「嗯——？什麼事，鈴葉兄？」

「我這個局外人待在這裡還沒關係，但是鈴葉不用和新生一起參加學園測驗嗎？」

這是個很單純的疑問。

既然是身為學生會長與公爵千金楪小姐直接指派給鈴葉的任務，那麼應該不至於有缺席測驗導致成績不合格留級的情況，但是為了預防萬一還是想確認一下。

聽到我的問題，騎在我的肩膀上的橙子小姐苦笑回答：

「用不著擔心喔。讓鈴葉參加測驗的話，測驗的結果才會變得難以處理吧？」

「測驗的結果難以處理……？」

「舉個例子，如果鈴葉獨自闖入哥布林巢穴，你認為她要花多少時間消滅牠們呢？」

我思考了一下橙子小姐的問題。

「……我想想。如果是普通的以哥布林王為首的群聚哥布林，一百隻左右的話需要十分鐘。不過要是數量更多，而且混有巨魔的話，應該要花三十分鐘以上吧。」

「嗯嗯，和我估計的差不多——那麼你認為由那群新生來對付的話呢？」

我轉頭望去。雖然只是遠遠觀察，但是看起來一點也不厲害……

「這個嘛……大概要一小時或是兩小時吧？」

「噗噗——大錯特錯喔，鈴葉兄。」

「要不然得花上幾個小時？」

「說什麼幾個小時，答案是全滅。而且還不是單槍匹馬，而是如果沒有教官的輔助，所有新生一起衝進巢穴仍然會全滅喔——」

「咦？」

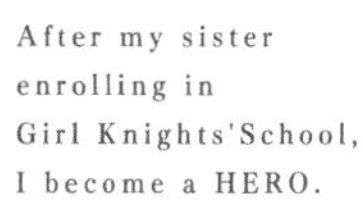

我不禁發出有些愚蠢的聲音。因為——

「那別說是女騎士了，豈不是和普通士兵沒什麼差別嗎？」

「畢竟是新生嘛，這才是正常情況。」

「……是這樣嗎？」

「是啊。讓鈴葉一起參加測驗的話，獨自一人就能殲滅怪物，測驗豈不是失去意義了嗎？所以才會讓鈴葉不用參加測驗，並且請她擔任幫手。然後順便請鈴葉兄一起來。」

「原來如此……」

「話說楪的名聲太過響亮，導致想妨礙我們學園測驗的笨蛋變多了……啊，話剛說完就發現笨蛋了。」

橙子小姐微微瞇起眼睛瞪向右斜前方的遠處。

「大概有二十個山賊。肯定是躲在那裡準備襲擊學生呢——對吧，楪？」

「我看看。嗯…………好。鈴葉的兄長，輪到你出場了。」

「好、好的！」

「麻煩你迅速繞到山賊前面，然後消滅那些山賊吧。」

「咦咦咦？」

「怎麼，辦不到嗎？」

「這點程度的話……是可以啦。」

雖然我只是外行人，但是我在來到王都以前，也有解決襲擊村莊的山賊的經驗。

只要山賊不是老兵或是落魄騎士，我便有與他們一戰的自信。

而且我的實力如何，樸小姐以前就透過戰鬥訓練有所理解。

正因為如此，她才會在這種情況要我出手吧。

聽到她突然叫到我時雖然嚇一跳，但是稍微想了一下便接受了。我在心中鬆口氣，至少我不是被找來專門讓人騎肩膀的。

「那麼鈴葉的兄長，儘管對你不太好意思，山賊就交由你處理了。雖然我們也想一起去，但是或許還有其他人打算襲擊學生。」

「好的。」

「只要你感覺到些許危險便立刻逃走。最好能在不讓學生察覺的情況下解決。儘管不用在意山賊的死活，可以的話儘量留活口，這樣才有利於審問得到情報。學園另有安排回收部隊，審問情報和回收戰利品的工作就不勞煩你了。所以只要所有敵人失去戰鬥能力就立即返回。有疑問嗎？」

「沒有。」

「那、那個！我可以跟哥哥一起去嗎！」

「沒問題。好好保護妳的兄長。」

「好的！」

大口呼氣的鈴葉用力點頭，看得出來她渾身充滿幹勁。

「那麼我們出發了。」

「嗯。多加小心。」

於是我和鈴葉出發前去討伐山賊。

＊

從結果來看，我的預測完全失準。

因為我們對上的山賊以及後續增援的敵人實在太弱了。

「……哥哥只要一根手指就能把他們全部打倒了吧？」

「注意一點，鈴葉。不可以在戰鬥時分心。」

「非常抱歉，哥哥。可是這些人就只有裝備精良吧……？」

我也對此感到疑惑。

而且他們的裝備不僅精良，其中甚至還有以秘銀製作，外觀精細的稀有裝備。裝備齊全的他們與其說是山賊，不如說是來自某個國家的騎士比較恰當。

他們應該是在哪裡撿到的吧。明明只要把這些東西賣掉就能輕鬆地過一輩子，為什麼還要當山賊呢？這不禁讓人滿懷疑問。就在我想著這些事時──

「鈴葉！」

一個躲藏在岩石後方伺機而動的山賊進入我的視野，打算用手中的武器砍向鈴葉的背。

我朝那個男人飛躍過去，毫不猶豫將他踹飛。

那個男性山賊以驚人的氣勢飛過空中，猛烈撞上一公里外的山──

「鈴葉，不可以大意喔。」

「哥、哥哥！謝謝你！」

「嗯，如果是鈴葉的話，就算被砍到也不至於受重傷吧。」

話說鈴葉在被砍中之前發現並躲開的可能性很高。

關於這點我很清楚。

即使如此還是會不由自主出手，我想這大概就是哥哥這種生物吧。

3（橙子的視點）

某天深夜，一對兄妹正在山中洞窟沉睡。

以放鬆的模樣仰躺入睡的青年一動也不動。

少女則是緊緊摟住青年的右手，一臉幸福地打呼。

那是可愛程度非比尋常的美少女。

少女的年紀大約十五歲，胸部卻超乎尋常巨大。

少女用發育過於良好的胸部磨蹭青年的手，同時小聲說著夢話——

「……哥哥，壽司和天婦羅都吃膩了嗎……？真拿你沒辦法，那麼就來試試源自東方的傳說料理……名字叫女體盛喔……唔呵呵呵……」

兩名少女站在洞窟外面負責守夜。

這兩個人當然是楪與橙子。

「好了，橙子怎麼看待鈴葉的兄長？妳想得到他吧？」

面對楪過度直截了當的問題，橙子以誇張的動作聳聳肩。

「當然想要啊。妳嘴巴說要他解決的那些人是山賊，其實全都是來自各個國家的高階騎士吧。那些各國派來暗殺棣的精銳全被鈴葉兄他們打倒了。」

「話說鈴葉的兄長完全沒有注意到這一點，挺好笑的。」

「畢竟他直到最後都相信那些人只是山賊呢——」

「強到鈴葉的兄長那種境界，對他來說無論是山賊還是高階騎士同樣不堪一擊吧。在龍的眼中，老鼠和貓沒什麼區別。」

「就是這個道理吧。應該可以這麼說，要是有貴族沒有攏絡鈴葉兄的想法，那個家族就沒有存在的必要吧？」

「不過鈴葉的兄長已經是我們公爵家的囊中之物。怎麼樣，很不甘心吧？」

「真是的……我從來沒有這麼埋怨自己的出身。」

「畢竟公主沒辦法和平民結婚嘛。」

橙子是現任國王的長女，代表她是王族直系的中心人物。

橙子擁有優異的魔法師才能，而且還有不遜於精靈的美貌，此外曼妙的好身材更是無比符合男人的喜好，因此也遭到兩名兄長疏遠。

現在的她被迫成為王立最強女騎士學園理事長——這是個僅有名譽的閒職。

至少兩名兄長是這麼認為的。

「……我那兩個笨蛋哥哥可能會說『我才不需要平民』這種夢話喔——？」

「就算他們再怎麼古板，應該不至於愚蠢到那種地步吧。」

「不不不，他們就是這麼蠢——畢竟如今的王立最強女騎士學園明明有閃閃發亮的樑擔任學生會長，他們卻到現在還傻傻地認為理事長這個職位不重要，根本就是大笨蛋喔？」

「好吧。我不否認那兩個王子沒什麼智慧……」

橙子再次分析現況。

自己和樑、鈴葉，以及鈴葉兄。

個人能力堪稱作弊的四人倘若聯手，必將成為極其強大的軍事力。

這就代表一件事。

橙子大幅拉近了與原先已經放棄的女王寶座的距離。

「……好了，樑到底有什麼打算？」

「什麼意思？」

「妳裝傻也沒用喔。鈴葉就算了，我想問的是妳介紹鈴葉兄給我認識的理由。妳有什麼目的？」

正因為她們是相互信任的兒時玩伴，才能拋下貴族辭令打開天窗說亮話。

年幼時尚未立下武勳的樑被視為行事怪異的公爵之女，不受王族成員歡迎，只能與同樣不受待見的橙子一起玩。

從那個時期誕生的友情延續至今。

「妳也很清楚。我是為了保護國家，因為這就是公爵家的存在意義。」

「……保護國家？」

「鈴葉和她的兄長擁有那種實力，有權者想必會為了搶奪他們展開激烈的爭奪。然而他們兩個完全沒有與之反抗的權力。」

「等等，公爵家不是打算徹底成為他們的後盾嗎？」

「這是當然的。不過父親大人說過這麼做會衍生其他問題。若是我的存在再加上那兩個人的力量——」

「那會怎麼樣？」

「看在旁人眼中，公爵家將擁有輕易超越王室的過度戰力。」

「……這個判斷會不會有點太誇張了？」

橙子露出苦笑。

然而櫟仍然一臉嚴肅。

「從現況看來確實可能是如此。」

「現況……？」

「之後我應該會和鈴葉一起進行無懼死亡的戰鬥訓練。當然鈴葉的兄長也會提供助力，他會在每次的訓練給予我們明確的指導，並且替我們施展頂級按摩術。這樣持續個一年或是三五年的話——」

「——將來無論是誰都會承認你們三人有足以輕易毀滅國家的戰力啊。原來如此……」

「可是這與我期望的未來相左。」

橙子聞言點頭同意。

即便櫟對於現狀以及王子感到不滿，但是內心深處守護國家的意志無比強烈。

這就是貴族——對於她們兩人而言是理所當然的想法。

「……原來如此。所以你才會把鈴葉兄介紹給我認識。」

「妳能理解了？」

「當然。畢竟這個國家的貴族基本上都是笨蛋或是利欲薰心的傢伙。當然像我和櫟只是極少數的例外。」

「就是這麼回事。」

橙子聽到櫟的解釋，接受了她的說法。

身在這裡的三人對於這個國家是一帖猛藥。

若是斟酌用法用量並正確使用，這個國家想必將獲得數百年的安泰。

然而只要稍微出錯，國家將會立即分崩離析。

「欸，楪覺得我該怎麼做？」

「依照橙子自己的想法就好。不管從哪方面來看，那對兄妹都是好人，而且橙子也不是沒有主見的笨蛋。不過妳要答應我一件事。」

「什麼事？」

「絕對不要小看鈴葉的兄長——不要小看那兩個人。」

橙子正想反駁：「我才不會做那種事。」卻閉上嘴巴。

因為她從來沒有見過楪的神情如此凝重。

「如果橙子交涉失敗，鈴葉和她的兄長對妳失去好感還沒關係。不過屆時我們公爵家將會動用一切力量拉攏鈴葉兄妹，即使到時候我會成為女王，也會讓這個國家存續下去。當然了，這並非我所期望的未來。」

「……我說啊，在公主面前說這種顛覆王權的話不太好吧？」

「這麼做有其必要。因為如果只是橙子遭到嫌棄倒還無可奈何，不過要是身為公主的橙子做出無禮的行徑，導致那兩個人對貴族或這個國家感到失望的話，他們便有離開這個國家的可能。這種情況極為不妙。」

「絕、絕對不能讓這種事發生！要是他們離開這個國家加入敵國軍隊……！」

「就是這麼回事。」

根據檪的觀察，妹妹鈴葉應該對自己的兄長言聽計從。

至於哥哥的認知裡，貴族基本上是蠻橫無理的存在。

所以若是不怎麼重要的貴族，或是不認識的貴族，差別對待他這個平民的話，這種程度還在他的接受範圍裡。

但是——

若是他認為關係不錯的貴族對待自己這個平民的態度反覆無常，甚至表現出蠻橫的一面的話——

或是因為他是平民就加以輕視——

那對兄妹乾脆捨棄這個國家也不奇怪。

「唔——……！」

橙子抓抓自己的頭髮。

檪知道這是她打從小時候起的習慣，當她真心感到煩惱時就會做出這個動作。

檪與橙子是兒時玩伴，她們很清楚彼此的習慣。

「橙子在煩惱什麼？妳成為下任女王的絕佳機會終於到嘍？」

「話、話是這樣沒錯，是這樣沒錯啦！可是要是我走錯一步國家就會分崩離析，壓力太大了！」

「放心吧。儘管那兩個人的能力優秀到令人難以置信，不過妹妹只是個兄控，哥哥則是對自己的能力有多強毫無自覺的遲鈍男人。雖然利用那兩個人是個很冒險的行為，但是只要懷抱誠意對待他們就沒什麼好怕的。」

「那麼為什麼要對我說出那種像是威脅的話！」

「因為我想藉此告誡妳，他們就是這麼重要。這是有必要的吧？」

「或、或許妳說得對……唔唔……」

隨後橙子又抓了抓頭髮，最後還是停下動作，深深地嘆了一口氣。

「……這樣啊──我不久之後就要成為女王了──我懂了──」

「結果還不一定喔。」

「就算妳這麼說──棵就是有那個想法，才會把鈴葉兄介紹給我認識吧？好吧，如今的王族當中，也只有我能夠平等對待鈴葉兄這個平民就是了──」

「確實是這樣沒錯。」

「你們尚未對其他貴族展示他的存在嗎？」

「嗯。因為大部分的貴族不是蠢，就是過度渴望權力，要不然就是兼具這兩點。」

「但是也有一些貴族不是這樣吧？從公爵家扶持的貴族當中挑選幾個，把鈴葉兄介紹給

他們怎麼樣？」

「……是可以這麼做沒錯……」

「啊——原來如此呢……」

見到楪一改以往的風格，顯得語帶含糊，橙子隱隱察覺到她的想法。

如果某些貴族讓楪判斷為有必要介紹鈴葉兄給對方認識，就代表那些人擁有足夠的才智，但是那些貴族肯定也會有打算動用人脈關係攏絡他的想法。這就是貴族。

其中肯定會有聰慧的家主想讓鈴葉兄入贅，或是與他結親的建議，甚至可能會有貴族之女主動表示想與他結婚。

畢竟鈴葉兄是個平民，這類的提議並不算是從公爵家搶走他這個人。至少在貴族社會當中是如此。

這種為了公爵家接收優秀平民的行為，反而應該受到讚賞。

然而——

即便鈴葉兄是平民，公爵家也不可能沒有將能力如此優異的人才納入麾下的想法——

「嗯——也就是這麼回事啊——」

楪會先把他介紹給自己，是因為王族無法與平民結婚。

注意到這點的橙子澈底理解這一切。

「明白了——反正都還是之後的事。」

「是啊。」

橙子儘管見到成為女王的道路，但是在具體行動以前，還需要一點事前準備。

而且有必要更加詳細了解鈴葉的兄長這個人。

他的能力、個性、思考方式，以及弱點等等。這些都是最基本的。

鈴葉的兄長的過往與擅長的料理，經常光顧的店家。

因為用來攏絡他的線索有可能隱藏在這些小事裡。

除此之外，也要確認他喜歡的女孩子類型——

「真正有所動作至少也要等到明年，或是後年吧？樑認為呢？」

「差不多吧。太過著急只會壞事。」

——兩個人在這時都認為至少在今年裡，還能過上平穩的日子。

然而結果與兩人的預想完全相反。

顛覆這個猜測的「駭人事件」將在短短幾天後發生。

然而此時的兩人都不知道。

4

結果新生們花了三天才抵達哥布林巢穴，在那之前我們已經遭受十六次襲擊。當然來者全都是盜賊之流。

「椺小姐，山賊還有盜賊再怎麼說也太多了吧……？」

「只是你的錯覺吧。」

「還有這些山賊和盜賊的裝備似乎對他們來說太豪華了。橙子小姐覺得呢？」

「啊——是因為那個吧，應該是這個時代的盜賊裝備都很好吧。」

「是這樣嗎？不過那些人雖然穿著那麼好的裝備，可是都很弱耶……？」

聽到這番話，椺小姐和橙子小姐都用溫暖的眼神望著我，像是看著有點遺憾的人一樣。

這是為什麼啊？

話說我們遇到的盜賊也太多了，讓我覺得這個國家的治安很差。這點我很肯定。

「總之只要測驗平安無事——」

就在這個瞬間——

氣氛陡然大變。

「…………」

「……鈴葉兄？你怎麼突然安靜下來了？」

「鈴葉的兄長怎麼了嗎？你的臉色看起來很糟，吃壞肚子了嗎？」

「咦？哥哥肚肚痛嗎？」

楪小姐和橙子小姐還有鈴葉都開口發問，不過現在不是回答她們的時候。

鈴葉注意到我的異狀，驚訝地睜大雙眼。

「……要來了……！」

「哥哥，那是——！」

「大家退到我的後面！馬上！」

似乎察覺情況不對的鈴葉馬上躲到我背後，至於還不清楚狀況的楪小姐和橙子小姐也都迅速照做。

鈴葉她們三人剛來到我的背後——

那傢伙現身了。

那是身形瘦得嚇人，美貌不似世間之物的少女。
身穿白色連身裙，頭戴草帽，這個打扮就像是夏日時分的大家閨秀。
但是絕對不能被她的外表所騙。
雙眼是比鮮血還要深邃的紅色。
及腰長髮則是比任何地方的雪都要白。
她是收割所有遭遇生命的死神。
其名為——

「——徬徨白髮吸血鬼（White haired vampire）——」

「「啥！」」
「鈴葉，我來戰鬥。妳保護她們兩個。」
「……好的，哥哥。還請平安歸來。」
聽到鈴葉語帶悲壯的回答，僵住不動的兩人似乎終於回過神來。

「等、等等！徬徨白髮吸血鬼是那個嗎！那個傳說中的惡魔嗎？每隔數年到數十年，毫無徵兆地出現在世界某處，將見到的一切屠殺殆盡的那個！」

「是的。」

「那、那麼我們也要一起戰鬥！讓鈴葉兄獨自面對那種惡夢層級的怪物，實在太亂來了！世界各地都有那傢伙一個人毀滅大國的傳說！」

「所以才讓妳們退開——既然與這個怪物戰鬥，我也沒有餘力保護其他人。」

我能清楚聽見她們倒吸一口氣的聲音。

「沒事的，這次一定不會有問題——我肯定不會有事，也絕對不會讓她殺了鈴葉還有妳們。所以交給我吧。」

我當然沒有嘴巴說的那麼有自信。

我實在太過害怕，感覺自己隨時可能腿軟。

如果在場有人能保證所有人的安全，我一定會懇求對方想辦法解決。

——不過。

背後有我寶貝的妹妹，還有和我關係良好的女孩子。

即便我因為恐懼而顫抖，仍然拚命將這股壓力承擔下來。

我該做的事只有一件。

即便是虛張聲勢也好——

一切都是假象也罷——

我也要裝模作樣挺起胸膛。

讓大家放下心來——！

「鈴葉，接下來就交給妳了。」

我留下這句話，逕自朝著徬徨白髮吸血鬼衝刺。

5（樑的視點）

駭人的戰鬥在樑的眼前展開。

為所有見者帶來毀滅的惡魔——徬徨白髮吸血鬼與鈴葉的兄長的攻防戰。

就連身為國家最強的女騎士，同時以軍人的身分從小鍛鍊到現在的樑，也只能勉強看清這場戰鬥。

這場對決似乎是不分上下——他們的層次實在太高，就連樑也無從判斷。

雙方之間交錯的招式全都遠超常人的境界，光是旁觀就會讓內心為之戰慄。

「……話說鈴葉兄剛才說了『這次不會有問題』……？」

聽到橙子這麼說，楪的心底也察覺這句話不對勁。

那確實令人疑惑。

但是鈴葉一句話便解開兩人的疑問。

「……我和哥哥以前曾經遇過徬徨白髮吸血鬼。」

「啥啊？」

橙子發出難以置信的驚呼。

一旁的楪則在心中附和橙子的驚訝，同時也莫名接受這個說法。

否則的話——

一個人類不可能強到那種地步。

「我們過去居住的村莊遭到那個惡魔襲擊，當時的我才五歲。那時候活下來的人只有我和哥哥。」

「不對不對，這怎麼可能！從來沒聽說過遭到徬徨白髮吸血鬼襲擊有人能活下來！而且還有一點，那個惡魔每隔數年至數十年才出現一次，而且還不曉得會出現在這個遼闊世界的哪個地方，你們居然能遇到兩次，這根本是有如天文數字的機率！」

「可是我們以前確實曾經遇過徬徨白髮吸血鬼。這是事實。」

「……是真的啊……」

「——哥哥自從我們的村莊被白髮吸血鬼毀滅的那天起，瘋狂鍛鍊想讓自己變強。最近總算冷靜了一點，但是仍然不斷鍛鍊自己。」

——這是楪和橙子在之後才知道的事。

鈴葉當時會不停述說過去的事，是為了用自己的過往吸引兩人的注意力，不讓她們產生介入戰鬥的想法。

其實鈴葉也非常想要與兄長並肩作戰。

然而即使自己和兄長並肩作戰，也只會礙手礙腳。在那之後的一段時間，鈴葉一直哀嘆自身的弱小，每到夜晚都會放聲大哭，並且吐得像瀑布一樣——

咚轟轟轟！

滋喀喀喀喀！

他們的攻擊發出的聲響，完全不覺得是拳腳所能造成的。

楪感覺要是挨了鈴葉的兄長剛才那記拳擊，想必就連龍也會當場殞落。

另一方面，徬徨白髮吸血鬼面對接連不斷的攻擊時而迴避，時而借力使力，時而硬吃下來，同時在不露出破綻的狀態施放生命吸收（Energy drain）魔法。

要是被她的攻擊直接命中，肯定立刻就會喪命。

畢竟就連高達一百公尺，直徑約二十公尺的巨木在被魔法擊中之後，也會瞬間失去所有水分。

即便如此——

「我們就連幫助鈴葉的兄長也辦不到嗎——！」

「是的。隨便出手只會妨礙哥哥。身為妹妹的我絕對不會允許那種事。」

「絕不會允許？」

「意思就是我就算拚上一死，也不會讓妳們妨礙哥哥。」

鈴葉說得如此淡然，反而讓楪明白她是認真的。

於是三人只能在一旁守望著他。

旁觀這場無法預測勝負，實力不分上下的高層次對決——

「啊啊！」

就在此時，天秤傾斜了。

鈴葉的兄長硬生生挨了徬徨白髮吸血鬼一記攻擊，慘遭狠狠打飛。

徬徨白髮吸血鬼得意地揚起嘴角。

那個惡魔揮下手刀，打算給鈴葉的兄長決定勝負的一擊——！

楪的身體擅自動了起來。
她甚至沒有意識到自己的動作，極其流暢自然。
就好像自己在那裡是理所當然的一樣。
有如被吸過去一般介入惡魔與鈴葉的兄長之間，彷彿要緊緊抱住他擋在他面前……
楪就這麼被惡魔的手刀貫穿胸口。

6（楪的視點）

我作了一個夢。
鈴葉的兄長不斷親吻我的雙唇，同時地無數次叫喚要我加油、要我別死的夢。
鈴葉的兄長以隨時會哭出來的表情，拚命向我開了一個洞的胸口施展治癒魔法的夢。
他用與徬徨白髮吸血鬼對決時差不多——不，是比那時更凝重的表情，用他充滿男子氣概的手不停搓揉我的身體。就是這樣的夢。

即使我在夢裡不斷對他說我沒事，但是鈴葉的兄長好像完全沒聽到。他不停與我接吻，可能是為了提高治癒魔法的效果吧。

話說這是我的初吻。

雖然意識到這一點，但是我覺得無所謂。

我受到了致命傷。毫無疑問會死。

這點程度的事我自己最清楚。

打從小時候開始，我就決定要和比自己厲害的人談戀愛。

我是公爵家之女，我的結婚對象將會由父親定奪，我沒有選擇的自由。

所以至少想要自己選擇戀愛對象。

就這方面來說，鈴葉的兄長既強悍又溫柔又很會做菜，而且在緊要關頭時非常帥氣，雖然平時也有很多問題，不過關鍵時刻的他既強大又迷人。

所以我覺得將初吻獻給他也好。

要是他能順勢推倒我就更好了。

我才不要一輩子沒有男性經驗就這麼死去。

不過我畢竟是女騎士，連自己何時會死都不知道，早知道就付錢速速解決——

「——榤小姐！榤小姐！」

「……可是高級男娼又很貴……唔呀……？」

「榤小姐！太好了，妳恢復意識了——！」

鈴葉的兄長流下溫熱的淚水，以溫柔又強而用力的動作抱住我。

這裡是天堂嗎？

*

「——不不不，我打倒了那麼多敵兵喔？死後絕對會下地獄……這肯定是折磨人的新型殘酷地獄，先讓我感到極致的幸福，接著再把我打入谷底……！」

「欸，榤小姐？妳聽清楚了，這裡不是天堂也不是地獄，榤小姐還活得好好的喔？」

「啊？」

榤心想，鈴葉的兄長到底在說什麼？

自己可是被徬徨白髮吸血鬼的手刀貫穿，身體開了一個洞喔？

怎麼可能還活著。

難道他感染了橙子的傻氣嗎？

「……光是見到楪用鄙夷的眼神盯著我，就能清楚知道妳的腦袋在想什麼沒禮貌的事了。很遺憾，妳真的還活著喔？」

「我完全無法理解。為什麼沒有死？」

「我也同樣真心感到困惑喔……？」

「也就是說哥哥不僅又強又溫柔又帥氣，甚至還會使用治癒魔法！哼哼！」

「……妳到底在說什麼？就算他真的會，我的胸口毫無疑問開了一個大洞喔？一般的治癒魔法根本無計可施。」

難道就連鈴葉也感染了橙子的傻氣嗎？

楪再次感到疑惑時，橙子用教誨傻孩子的語氣說道：

「不不不，我知道妳難以置信，但這就是事實。」

「啊？」

「所以說楪受的傷不管怎麼看都是致命傷，但是鈴葉兄真的在我眼前治好妳。妳可以哭著感謝他喔？」

楪花了不少時間才接受她的說法。

自己竟然還活著……？

「欸，橙子。妳該不會在我臨死前見到的走馬燈裡還要耍我吧？」

「怎麼可能！妳也差不多該認清現實了。」

感覺一點也不真實的樑試著握了幾次自己的手，甚至伸展了一下身體。

原來如此。

看來自己真的還活著。

「——鈴葉的兄長，你其實也是個高超的治癒術士嗎？」

「不是的，並非妳想像的那樣……」

根據鈴葉的兄長的解釋，他使用的是獨特的治癒魔法，原理是將自己強大的生命力，或者說是魔力轉換成能量轉讓給別人。

但是這種治癒魔法完全是由自己摸索的方法，而且無法自在掌控，只有他人在眼前受到致命傷這一類極端狀況才能使用。

這次的狀況可說是完全滿足使用條件。

「還有徬徨白髮吸血鬼呢……？」

「被她逃走了。」

鈴葉的兄長顯得一臉悔恨。

「不要露出那種表情。面對那種惡魔還能活下來，已經是了不得的奇蹟了。」

「嗯……」

「對了。新生怎麼樣了？」

「似乎在注意到這邊的戰鬥時就逃走了。好像有幾個人受到輕傷，但是沒有和那個惡魔交戰。」

「這樣啊。太好了。」

就在楪想說：「這全都是鈴葉的兄長的功勞。」此時——

「這全都要感謝楪小姐呢。」

「……為什麼會那麼想？」

「多虧楪小姐賭上性命吸引徬徨白髮吸血鬼的注意力，我們才能好不容易趕跑那個惡魔，當然要感謝妳啊？」

「不是——不對，是這樣嗎……？」

「當然了。再次感謝妳，楪小姐！」

「……啊啊……」

楪的人生當中，因為戰爭獲得的讚賞不計其數。

然而那些讚譽已經過於理所當然。

無論什麼讚賞都無法打動自己的心。這種對於讚賞感到厭煩的情況已經持續幾年。

然而——

自己瀕臨死亡的可悲模樣竟然受到一個平民男性稱讚。

這讓自己感到滿心歡喜，甚至想要當場跳起來。

感覺有如有生以來第一次受到他人真心讚賞。

「——這樣啊。原來我一直——」

在這個瞬間，棵突然明白了。

自己並不是想被任何人隨意稱讚。

不論是多麼位高權重的貴族或多金型男大力讚美都無所謂。

比起那種人——

自己一直想要得到夥伴的讚賞——那種能將自己的性命托付給對方，更能讓自己信賴而為之捨命的夥伴。

明白自己只是想讓夥伴摸摸頭。

同時聽到對方對自己說聲謝謝——

「還有一件真的很對不起棵小姐的事想告訴妳……」

「什麼事？」

「雖然治好棵小姐的傷，但是力有未逮，還是在棵小姐身上留下傷痕……」

聽他這麼一說，楪撥開比哈密瓜更加豐碩的胸部，發現一道應該是那個惡魔的右手貫穿之後留下的痕跡。

橙子一邊盯著楪的胸口一邊開口：

「嗯——不過鈴葉兄當時光是治療楪就費盡心力，這也是沒辦法的事。畢竟鈴葉兄的本職並非治癒術士嘛。」

「嗯。橙子說得對。」

「而且只是這點疤痕的話，返回王都之後只要請專業的治癒術士處理一下，我覺得就能恢復得很漂亮喔？」

「這樣啊。不過那就傷腦筋了。」

「啥啊？楪，這是什麼意思？」

「這道傷疤留著就好。」

「為什麼啊！莫名奇妙！」

楪無視大吵大叫的橙子，以很珍惜的模樣撫摸留在胸口的傷疤。

——這道傷疤是自己和夥伴一同面對死鬥的勳章。

怎麼可能將它捨棄。

3章

凱旋派對

1

打從遭遇種種狀況的旅途返回之後不久，我收到櫻木公爵家的傳喚。

是那件事嗎？

等著我的會是被追究讓公爵千金受傷的責任嗎？

要是我一個人切腹就能了事就好了。

無論如何都要想辦法自己承擔，不能連累鈴葉——！

我懷抱如此悲壯的心情前往公爵府邸。當然是一個人。

我已經跟鈴葉說過如果我出了什麼事，不要管我立刻逃走。

然而當我抵達公爵家後發生的事，卻與我的想像完全相反。

櫟小姐身為家主的父親親自來到玄關迎接我，甚至深深對我低頭。

「你救了我的女兒一命。感謝你。」

「咦咦咦咦咦！」

「……為什麼這麼驚訝？」

「那當然啊！還以為為會被追究導致櫟小姐受傷的責任，要被斬首了呢——！」

「……看來我們有必要好好聊聊。」

之後公爵不顧我的意願，將我帶到書齋。

櫻木公爵家家主的書齋。

不僅是普通客人，就連與公爵家往來密切的大貴族也沒資格踏入這間書齋。只有將來承擔公爵家重責，或是足以負擔國家大任的人，以及家主認可之人才能進入。然而這種事我當然無從知曉。

當我用呆滯的表情環視過度奢華的書齋時，公爵開口要我就座。

「……我想先談談這次的事。我的女兒似乎做出輕率的舉動，我要為此致歉。」

「……什麼？」

「就是櫟的身體穿了一個洞那件事。」

「啊，她是為了幫我才受傷的。」

「你是刻意製造破綻引誘那個惡魔的吧？」

「……您怎麼會這麼認為……？」

「我聽橙子大人說了。在你陷入旁人眼中的危機時，你的妹妹似乎仍然十分沉著？」

「…………」

「依照你們至今的言行判斷，倘若你真的情況危急，妹妹肯定會率先捨身搭救吧。但是她沒有那麼做。既然如此，答案只有一個。」

「……要是她真的在危急時刻不顧性命上前，我會感到很困擾喔……？」

他用來推測事情始末的依據漏洞百出。

儘管如此，光是從他人口中得知詳情就能正確掌握狀況，真不愧是大貴族。

「不過不管怎麼說，多虧了櫟小姐我們才得以平安無事，這是事實。」

「是嗎？我的女兒有派上用場嗎？」

「那是當然。正是因為櫟小姐當時闖入戰局，其他三個人才能毫髮無傷趕跑徬徨白髮吸血鬼。不過被她逃走真是讓人不甘心……」

「那可是有能力毀滅國家的巨大災厄，光是能夠獨自趕跑她就已經是奇蹟。少自以為是為此感到不甘心。」

「……是。」

公爵的話語相當嚴厲，但是我能看得出他的眼角帶著溫柔。

我明白他應該是為了不讓我沉浸在後悔的情緒裡，才會故意說得這麼嚴厲。

大貴族的風範真令人敬佩。

「總之我了解女兒受傷是自作自受，她的傷也治好了，所以沒有任何問題。就我的立場而言，必須對你救了女兒的性命表示謝意。」

「不必了。那是理所當然的事，所以不用——」

「既然你將守護女兒視為理所當然，那麼我向你道謝同樣也是理所當然吧？況且先不提貴族這個身分，面對恩人都不能表達謝意的人，根本沒資格當人吧——你應該不會讓我變成那種人吧？」

既然他都這麼說了，我當然只能搖頭否認。

更何況要是有人救了鈴葉的性命，而且還說那是理所當然的行為的話，我肯定也會盡己所能報答對方。

然而——

當下的我還不知道事情會變成那樣。

*

——不可小看貴族。特別是在財力方面。

我對此有深刻體會。至於原因——

「想要什麼獎賞儘管提。無論要錢還是貴金屬，甚至藝術品都無妨。想要土地也可以，名譽也行。我特別推薦動用我們公爵家的所有權力，讓你成為終身貴族。」

「……您說什麼？」

「當然了，畢竟不是真正的貴族，所以無法和王族結婚，不過屆時你將是我們公爵家扶持的新興貴族，大部分的事情都能放手去做。土地、錢財，還有部下都會替你安排妥當，未來再安排我的親族和你結婚——」

「請、請等一下！」

我直覺發現再這樣下去情況將會失控，連忙開始思考彼此都能接受的做法。

遇到這種情況，最重要的就是絕對不能什麼要求也不提。

否則就會依照公爵的推薦去做。

話雖如此，若是要求金錢的話，肯定會給出驚人的鉅額財富，像我這種平民肯定沒有能力管理。

我不需要那麼多錢，過多的財物只會招來殺身之禍。

與名門公爵家直系長女——而且是那位殺戮女戰神性命等價的財物，別說是城堡了，就算能夠買下小貴族的領地也不足為奇。

有什麼好方法嗎？

有沒有什麼能滿足公爵的自尊心，而且不會對雙方造成任何損失的方法——

「有了！」

「什麼？」

「沒事，什麼事也沒有。」

我裝出一副我早就有此想法的表情。

「咳咳——那麼我有個請求想拜託您。」

「說吧。」

「我希望鈴葉，還有我今後能受到公爵家的庇護。」

「喔……？」

公爵揚起嘴角。

啊，這絕對是想到什麼壞事的表情。

「哼，無欲無求的小子。你不改變這種想法的話，一輩子都會是平民喔？」

「我就是這麼打算的。」

「你的意思是比起眼前的財富，更想得到我家的庇護嗎？」

「恕我冒昧，櫻木公爵家的威勢影響著整個國家的方方面面。只要得到公爵家的庇護，妹妹鈴葉在滿是貴族的王立最強女騎士學園裡，應該能過上相當自在的校園生活吧。」

「肯定如此。若是有不怎麼樣的貴族利用權力為難你們，他們整個家族反倒會被我們擊潰吧。」

「不、不用做到這種程度也沒關係吧……？」

這是怎麼回事？貴族好可怕。

我的心中瞬間閃過生為平民真好的想法。

「不過你要是過分謙遜的話，也會惹人不快喔。只要外人知道公爵家給予你獎賞，應該所有人都會發現你的後盾是公爵家。以現實來說，應該和你提出的要求有同樣的結果吧。那麼收下財物不是比較划算嗎？」

「不，這是不一樣的。」

「喔？」

「要是我收下其他獎賞的話，遇到真的感到困擾的情況時，就會很難開口請您幫忙。」

公爵聽到我這番流暢的對答，不禁眨了幾下因為驚訝睜大的雙眼。

這就是我的祕技。

貴族和平民不同，非常注重自身的名譽與顏面。

只要我針對這一點表達出「您的名譽是最棒的，所以這樣就夠了」的想法，就能婉拒他的好意。

公爵似乎也察覺我的語言陷阱，豪邁地展露笑容。

「這樣啊這樣啊……哈哈！看起來只是善良的平民，其實還滿陰險狡詐的嘛！」

「……什麼？」

「不需要一時的金錢，取而代之的是要求對我們公爵家頤指氣使的權力嗎？這就是你想表達的意思吧？」

「我可沒有說這種話！」

「嗯，夠了，不用再互相試探了。我很中意你！」

不知為何嚴重誤會的公爵用發現一起做壞事的夥伴的眼神望著我。為什麼啊？

「居然說出要我們今後幫助你的這種要求，當成拯救我們公爵家直系長女性命的報酬啊。依照常識來判斷，這是楪一輩子也還不清的報酬吧？」

「那、那個……？」

「不受眼前的利益所誘惑，用長遠的眼光找出最佳答案。原來如此原來如此，看來你不僅僅只是實力強大的善良平民。不錯，很不錯！」

公爵好像自顧自地理解了什麼。

感覺他大大誤會了我的話，才會給予我過高的評價。

不過在這時候插嘴可能會變得更麻煩，我只好在一旁默默乾笑。

「既然如此，那就好談了——就趁現在問個清楚吧。」

「請、請說。」

「你想和樸結婚嗎？還是想娶其他女孩子？」

「請問這是什麼意思？」

「我們公爵家不只有樸這個女孩子。如果你選擇樸的話，那就太值得慶幸了，畢竟那個孩子太過獨特。如果你喜歡更端莊的女孩，或是比較文靜的，甚至是胸部比較小的女孩子，那麼在親戚裡面找——」

「怎麼會突然提起這件事！」

「——老、老爺！大事不好了！」

在我不禁驚呼的同時，公爵家的執事急急忙忙跑了進來。

公爵以銳利的眼神瞪向執事。

「怎麼回事？我們正在談很重要的事，甚至足以影響公爵家的未來喔？」

「萬分抱歉！不過楪大小姐她——」

「楪小姐怎麼了嗎！」

「是、是的！去除疤痕的術式順利成功，但是醒過來的大小姐一見到自己完好如初的身體就開始大鬧特鬧！」

「什麼！難道是治癒魔法出現副作用嗎——！」

「這倒不是！大小姐一邊哭喊：『我的疤痕！把我和鈴葉兄長的夥伴證明還給我——！唔哇啊啊啊啊！』一邊裸著身子在府邸裡大鬧，根本無從應對——！」

「…………那、那個蠢女兒…………！」

公爵頓時癱軟坐在椅子上，以手覆面。

……雖然搞不太清楚是怎麼回事，不過應該不是我的錯吧？

「請、請問，需不需要我幫忙呢？」

「……麻煩你了。要是你找到我的女兒，就溫柔地抱住她。這樣應該能讓她冷靜。」

「好、好的。」

「等到楪回過神來之後，應該會羞恥得想死吧，但那是她自作自受。責任不在你，所以你不必在意。」

「好、好……？」

總之我為了制止楪小姐，跟在執事背後跑出書齋。

遠處傳來似乎是昂貴陶器的碎裂聲響。

我擔心要是不快點阻止她，下場真的會很不妙。

因此我在踏出房門時，漏聽了公爵的喃喃自語。

「被年紀相仿的男人見到裸體啊……哼，把她嫁過去的理由又多了一個。」

2（橙子的視點）

打從前幾天開始，橙子便頻繁往來公爵家。

身為公主的橙子自然認識公爵家家主，但是彼此的交情頂多只有在貴族派對之類的場合碰面時，站著聊上幾句的程度。

如今的關係甚至會在深夜於公爵家家主的書齋密談。

這一天橙子也悄悄來訪，在書齋迎接她的公爵親手泡茶並且率先喝了一口。

這表示茶水沒有下毒。

「咦?楪今天不在嗎?」

發現平常都會待在公爵身邊的楪不在,感到疑惑的橙子發問之後,公爵便以相當不悅的口吻回答:

「那個笨女兒正在關禁閉。」

「關禁閉?為什麼?」

「她之前因為憤怒導致錯亂,全裸在宅邸裡大鬧特鬧。」

「咦……?」

完全無法想像她為什麼會這樣。

不管怎麼說,真虧公爵家能夠壓制氣頭上的楪。就在橙子深感佩服時,公爵說道:

「她鬧到府裡的人無法應付,而那個男人恰巧在府中作客,輕輕鬆鬆就辦到了。」

「啊——原來如此。」

看來是被鈴葉兄制止了。這樣就能理解了。

回過神來的楪應該會因為自己全裸大鬧的行徑嚇到臉色發白。

或許還會不顧眾人的眼光當場大哭。

「話說鈴葉兄這個人強到足以和徬徨白髮吸血鬼單挑,還會超厲害的按摩術,甚至還能輕易安撫失控的楪,真不知道這個人的極限為何呢?」

「不僅如此。那個男人還很聰明。」

「是嗎？鈴葉兄看起來雖然善良，不過不像是很聰慧的那種人啊——？」

「我對他說救了櫟的獎賞隨便他開，那個男人卻回答只要得到我們家的庇護就好。」

「哇啊……平民能說出這種話挺了不起的。」

畢竟櫟是櫻木公爵家的掌上明珠，那可是拯救她的性命的酬勞。

代表的價值絕非等閒。

若是將來公爵家稍微忽略對鈴葉兄的援助，肯定會被眾人在背後指責：「公爵家之女的性命只有這點價值啊。」

從結果看來，鈴葉兄獲得足以讓他在今後數十年盡情壓榨公爵家，獲得任何他想要的一切的權利。

無論是金錢還是權力，或是除此之外的事物。

「這樣啊——鈴葉兄看起來傻傻的，但是不能大意呢——」

「好歹是無數次跨越生死關頭的男人。這點交涉技巧應該了然於心吧。」

「喔？您問過鈴葉兄的過往了嗎？」

「沒有，但我好歹是公爵家的家主，這點事情透過經驗就能判斷。」

「真遺憾。我也很想聽聽鈴葉兄的過去呢——」

「可以直接問他本人吧？」

「感覺他的過去非常沉重，不太好因為個人的興趣就去問他——好啦，這些事就先聊到這裡吧。」

橙子拍了一下手。

時間已經緊迫到每分每秒都不能浪費。

橙子為了成為下任女王，找到絕對有其必要的手牌。

但是那些手牌並非能夠依照她的想法動用。

所以她必須和眼前的公爵家家主仔細商量，探討今後如何誘導手牌照自己的意思行動。

除此之外，還有太多太多的事需要思量。

「哎呀，只是想不到我為了當上女王而和公爵密會的日子竟然真的到來了。就連我自己也感到很驚訝。」

「時代會僅僅因為一個男人現身而改變。這個世道就是如此。」

「這次我真的深有體會呢。受不了，真是給人添麻煩。」

「妳是獲得利益的一方吧？那些被趕下權力寶座的人要是聽到妳這番話，肯定會憤怒不已吧。」

「我才沒有錯——錯的是那些無能的蠢貴族——」

「少貧嘴。趕緊開始吧。」

在某個公爵家的書齋裡，祕密會議今天也持續到深夜。

3

打從王立最強女騎士學園期中考的那趟旅行回來之後，已經過了一個月。

鈴葉和我最近時常待在公爵家。

「在我家利用復活魔法陣訓練，然後再請鈴葉的兄長在訓練前後為我們按摩，這樣才是最有效率的吧？」

鈴葉似乎是被楪小姐這番話打動，最近女騎士學園放學後都會直接和楪小姐一起前往公爵府邸，公爵家同時也會配合她們兩人的行程，派馬車接我過去。

然後她們兩人會進行一連串高強度的訓練直到傍晚。而我則是在一邊陪練。

訓練完成之後借用公爵府邸的浴室幫她們兩人按摩，每次按摩結束後，公爵家甚至還會替我們準備晚餐。真是無微不至的待遇。

還有公爵家真不愧是大家族，每道餐點都是既高級又美味。

……美中不足的是公爵家家主亞瑟大人也與我們一起用餐，讓我感到無比緊張。

就在某一天。

我們一如往常享用晚餐時，平常用餐時不怎麼說話的公爵開口：

「我們公爵家會在三天之後舉辦戶外派對。你們兩人當然也在受邀賓客之列，到時候方便嗎？」

「啊，是的。時間上沒問題。」

反正那天的預定計畫也是在公爵家訓練。

只要取消訓練計畫就好。

「公爵大人非常關照我們，到時候要我幫忙做什麼都可以喔。不管是要搬東西還是負責警備，還是什麼雜事都可以。」

「你到底在說什麼……不，你說願意幫忙做任何事，應該沒錯吧？」

「當然了！」

我明確地表達肯定。

就在這時，不知為何感覺公爵的眼睛閃閃發光。

「這樣啊。那麼命令你在這次的派對擔任椺的男伴。」

「「咦咦咦咦咦咦咦──！」」

我和鈴葉不禁一起發出驚呼。

仔細一問，這才知道那場戶外派對是為了慶祝楪小姐凱旋歸來。

至於是什麼凱旋，當然是與徬徨白髮吸血鬼的一戰。

與那個人稱滅國惡魔的強敵交手還能全員活著回來，這件事本身就極為值得慶賀──我十分認同公爵的說法。

「不過可能會有人認為是假的。」

「你在說什麼？不是還有你砍下來的惡魔手臂嗎？」

「對喔，原來你們還留著那種東西。」

當初那個惡魔貫穿楪小姐身體的右臂，被我從她的肩膀砍了下來。

如果是那個惡魔，右臂應該早就長出來了吧。

就能夠重生這方面來看，我們撿回來的手臂就像是蜥蜴的尾巴。

「……我是不曉得你是怎麼想的，但是在你之前從那個徬徨白髮吸血鬼身上砍下部分軀體的紀錄，得一路追溯到一千三百年前喔？」

「咦？是這樣嗎？」

「當時只有砍下一根手指。而成功辦到那次壯舉的男人，在那之後成了統一整個大陸的霸王。」

「那還真厲害呢。」

「我說啊，你這小子……算了。總之到時候會隆重地介紹你給各位賓客——救了女兒的性命，斬斷惡魔一條手臂的年輕英雄誕生了。你做好心理準備吧。」

這位公爵家家主怎麼以沒什麼的態度說出很了不得的話啊。

「請等一下！」

要是真的那麼做，我會感到非常困擾。

畢竟我只是恰巧與公爵千金相識的平民。

要是依照公爵的說法介紹給大家認識，貴族們就會開始關注我，當然如果只是這樣倒還好，然而到時候還得面對他人沒必要的嫉妒，甚至是各種麻煩。

或許可能會有笨蛋貴族誤會我有所才能，產生攏絡我的想法。

那種麻煩事我可敬謝不敏。

「你在著急什麼？只不過是說出事實吧？」

「不不不，總是會有其他說法嘛……！」

眼前的家主大人大概完全不懂我糾結的問題點為何。

盡可能引人矚目，藉由加強發言權取得權利——對於以這種事為家業的貴族來說，確實是理所當然的事。

「呃，這個……對了！這次戰鬥的成果並非屬於我一個人！」

「什麼？不過依照女兒以及橙子大人的說法，當時她們三人為了別妨礙你，都退到了你的後面喔？」

「這是事實沒錯。不過當時能砍下她的手臂，可以說是楪小姐的功勞也不為過吧？」

「我覺得言過其實喔……？」

「沒有這回事。當時的楪小姐挺身而出保護夥伴——保護了我。正因為那個惡魔完全沒意料到她拚上性命的勇氣，我才好不容易擊退惡魔——對不對，楪小姐！」

「唔咦？」

話題忽然轉到楪小姐身上，使得她當場愣住。

現在是公爵家的晚飯時間，身為女兒的楪小姐理所當然坐在公爵旁邊。

我拚命用眼神暗示楪小姐，她似乎終於察覺我的意思。

（欸欸，鈴葉的兄長……你說的是真的嗎？真的是真的嗎？）

（當然了！所以請妳充滿自信說出口吧！現在馬上！）

（我、我明白了！既然你都這麼說了，那麼……！）

褋小姐清了一下喉嚨，端正坐姿轉向公爵，抬頭挺胸堂堂正正開口：

「鈴葉的兄長說得對。」

「哪裡說得對了？」

「那確實可以說是我與樂意託付性命的夥伴第一次合作——」

*

在那之後經過種種協調，趕跑徬徨白髮吸血鬼變成屬於「櫻木公爵家的褋大小姐與她的夥伴們」的功勞。真是太值得慶幸了。

不過代價就是舉辦戶外派對時，我必須擔任褋小姐男伴的這個責任。

「目前褋沒有與任何人有婚約，而且擊退惡魔的夥伴裡只有你是男人。那麼由你來擔任男伴也是理所當然的。」

「可是這種場合請褋小姐的親戚擔任男伴不是比較好嗎……？」

「一般情況的話。但這次是凱旋派對，所以由身為夥伴的你擔任比較自然吧。」

既然他都說得這麼明確了，我實在沒辦法拒絕。

「啊，可是仔細想想我沒有適合派對穿著的服裝，還是容我婉拒……」

「那種東西早就已經準備好了。為了不損公爵家的格調，請了王都裡專門為高階貴族服務，最受歡迎的設計師為你定製整套服裝。」

「可惡。」

這就是令人無從辯駁的情況嗎？

接著鈴葉給了我最後一擊。

「那、那個，哥哥。」

「怎麼了，鈴葉？很遺憾的，看來我們這次一定得參加戶外派對……」

「我居然能和哥哥穿同款禮服參加派對，好像作夢一樣！」

「……同款禮服？那是什麼？」

「那個啊，我們原本商量好要保密到最後，好讓哥哥大吃一驚。其實我也請楪小姐替我定製同樣款式的新禮服喔！而且不只是我，楪小姐和橙子小姐也有！」

「啊，這樣喔……」

「所以那天你不只要陪楪小姐，也要當我的男伴喔！」

……看來一切障礙都已經被克服。

和貴族或是政治家這種人扯上關係就不會有什麼好事，這是我的人生信條。

「也罷，只能參加了。」

反正就算失敗也不可能被殺。

我為三天後的派對做好心理準備。

4

於是來到凱旋派對當天。

在公爵府邸的房間換好衣服的我，見到鈴葉她們的打扮後不禁啞口無言。

「欸嘿嘿……怎麼樣，哥哥？」

鈴葉儘管害羞，還是用充滿期待的視線抬頭望著我，這下子真的不知道該如何回答。

三個人的打扮都一樣，正如同之前所說，是全新定製的同款禮服。

看起來是很漂亮沒錯——！

「我很想聽聽鈴葉的兄長的感想喔？我覺得胸口的部分有點太暴露了……」

對對對！

我真的很想大聲說出那就是問題所在。

禮服本身是以白色為基底，上頭再用其他顏色做出淡淡的點綴，禮服的波浪皺褶也很美

麗，這些全都無從挑剔。

由於是大方露出肩膀和鎖骨，甚至胸口還有深V的禮服，因而更加彰顯鈴葉她們過於出眾的曼妙身材。

就在我不知該如何回答是好時，橙子小姐說道：

「鈴葉兄也看到入迷了嗎？這套禮服的設計完全是為了我們喔？畢竟如果不是像我們這種容貌出眾的超級美少女，而且胸部不夠大的話便配不上這種設計。我們委託的設計師是這麼說的。所以……你的感想呢？」

聚集了三人期待的眼神，我好不容易才擠出回答。

「……這、這個嘛，該怎麼說……好像有點太色了……？」

當然我的言外之意是「這套衣服是否有點太超過了」。

但是不知道為什麼，三個人聽到我的感想之後都很高興。

「我、我終於辦到了……有生以來第一次被哥哥稱讚『好色』！」

「是、是嗎……！被你用有色的眼光盯著看……雖然感覺很害羞……不過我畢竟是你的夥伴，這也是難免的，我已經做好不得不面對這種情況的心理準備……！」

「好、好像意外地令人害臊耶……明明只是想稍微捉弄一下鈴葉兄的，好奇怪喔……啊哈哈哈……」

我已經搞不懂該怎麼辦了。

我靠近跟在鈴葉她們身後的女僕，打算悄悄詢問正經的第三者意見。

這名女僕應該是負責幫忙著裝的人吧。

她有著看起來聰明伶俐的美貌，靜靜待在一旁的模樣感覺就很能幹。

「那個，我想問一下……這樣的禮服真的沒問題嗎？」

「當然沒問題。」

「這、這樣啊……不過這可是貴族的戶外派對……」

「可以確定的是所有見到楪大人等人美豔姿態的男士，精液肯定會像灑水器一樣四處飛濺。簡稱精灑。」

「那樣絕對不行吧！」

順帶一提，灑水器是連貴族府邸的庭院也很罕見的東西，是非常昂貴的魔道具。

「但我認為這是理所當然的。今天幾位小姐的裝扮，不管說得再怎麼客氣，性感程度都遠勝過傳說中的淫魔——魅魔女王。所有參加的男賓必定會全體愛上她們，求婚或是情婦的邀約毫無疑問將蜂擁而至。」

「真的假的……」

我聽得腦袋一陣暈眩，忍不住揉了揉太陽穴。

然後女僕小姐就接著這麼說道：

「……您想阻止的話就只能趁現在嘍。」

「咦？」

「想阻止楪小姐她們其實很簡單。只要您靠到她們的耳邊，輕聲對她們這麼說就好——

『我不想讓除了我以外的男人盯著妳那美妙的胸部』大概就像這樣。」

「呃……？鈴葉就算了，我應該沒有權利對楪小姐和橙子小姐說這種話吧……？」

「這不是有沒有權利的問題。」

「是嗎？」

「——您只是單純說出自己的想法。之後要怎麼做交由幾位小姐判斷，沒有問題。」

「好像確實是這樣……可是我真不覺得光靠一句話就能改變她們的想法耶……？」

「即便是失敗也不會有任何壞處。您就當作是被我騙了，試試看吧。」

在那之後，我按照女僕小姐的建議去做，結果真的有用。

不知為何三人都滿臉通紅，以「既然我都這麼說就沒辦法了」的態度老實接受了。

最後三人都披上遮掩胸口的披肩，我這才放下心來。

不愧是公爵家的女僕小姐，優秀程度讓我大感佩服。

既然如此就早點制止她們啊——這番話就先別提了。

＊

在派對場合擔任男伴，就代表我得像是樸小姐的未婚夫一樣和她一起進入會場。

應該說是不出所料吧。當我們踏入派對會場的公爵家庭園時，瞬間引起軒然大波。

竟然是由平民陪伴超級知名的公爵千金樸小姐，這也是理所當然的吧。

所以我沒有因為賓客的反應產生動搖。

但是有另外一個讓我不得不動搖的理由——

「——喂喂，不要彎腰駝背！」

「哎呀，要是再靠近就不太妙了。」

「你可是我的男伴喔？你要再貼近一點，然後緊緊摟著我的腰。用力一點。」

「哎呀，我要是那樣做的話，樸小姐過度豐滿的胸部裝甲就會緊緊靠在我身上喔。就像這樣。」

「……這、這也是沒辦法的事。如果是其他男人就算了，既然是你的話倒是……嗚嗚，感覺好害羞……」

就在你一言我一語之中，總算是完成進場的步驟。

到了派對開始的時間，登場的公爵家家主開始演說。

至於內容則是我們「楪小姐與她的夥伴們」勇敢挺身面對徬徨白髮吸血鬼，最後成功砍下傳說吸血鬼的一條手臂並把她趕跑，取得前所未聞的巨大勝利。

老實說，故事當中的我們受到大幅美化，讓在一旁聽著的我都感到不好意思了。

公爵肯定請了王都最好的吟遊詩人來寫演講稿。

演說結束之後，便是我和楪小姐進行模擬戰鬥的環節。

公爵已經事前告知我這項安排。

目的是藉由模擬戰鬥向賓客們展示我們所擁有的實力是貨真價實的。

「來吧，開始嘍。讓大家好好見識你的實力！」

興致盎然的楪小姐推著我來到會場中央。

總之重點就是那個吧。

公爵所準備的舞台，與其說是為了楪小姐，更是為了讓我這個突然冒出來的平民在出席者面前展露力量。

讓我與眾所皆知的絕世強者楪小姐比劍，藉此證明這次的討伐事蹟並非捏造。

開場是美到令人生畏的舞蹈——楪小姐的單人劍舞。

至於我只是外行人，根本不會什麼劍舞。

不管怎麼看，楪小姐的劍舞就已經很有看頭，我甚至覺得表演環節只要這樣就夠了。

「……真的要打嗎？」

「當然！喝呀啊啊啊！」

我的低語化為開戰的鐘聲，楪小姐朝我襲來。

她的劍技充滿朝氣，比起剛認識時更添迅捷與銳利，看得出來仍在繼續成長。

只是過度注重攻擊導致防禦的破綻多了一些，看來沒有什麼和比自己厲害的對手戰鬥的經驗。

話雖如此，經過這一個多月以來的訓練，她已經有了顯著的進步。

不過……這下子與平常的訓練沒什麼兩樣，這樣就行了嗎？

「喝！哼！」

嗡——！嗡——！

會場只有楪小姐斬擊的聲響，以及賓客不自主發出的感嘆。

「好、好厲害……那個殺戮女戰神真的使出全力了……！」

「一臉輕鬆躲過攻擊的年輕人到底是誰……？」

「就算是高階騎士，只要挨了一記那個攻擊也死定了……！」

「攻擊的速度不但比騎士團長更快，而且全都是瞄準對方的弱點……！」

「楪大人的攻擊已經很不得了了，那個人居然能夠完全避開有斬擊，根本不是尋常人類辨得到的事……！」

我並沒有輕鬆到有空仔細傾聽其他人在說什麼，但是騎士們聚集在一起的地方似乎顯得相當熱絡。

至於擔任文官的貴族們則是相反，以佩服的模樣靜靜在一旁看著。

話說那些外行人應該根本看不清楚楪小姐的劍吧？

「哈哈！真不愧是鈴葉的兄長！不過稍微反擊一下如何！」

「說得也是。那麼我就——唔——！」

就在我打算隨意配合她過個幾招，結束這場模擬戰鬥而躍向空中的瞬間。

一個反射光芒的物體闖入我視線一角。

轉瞬之間我立即反應過來那是什麼東西。

——恐怕是用類似吹箭之類的東西發射的毒針。

毒針以驚人的速度準確射向楪小姐。

毒針射來的方向是楪小姐的視線死角，就算她有注意到，身在空中向下揮劍的她根本不可能避開那一擊。

那是由超越一流的暗殺者瞄準楪小姐使出的必殺一擊。

「喝啊啊啊————！」

致命的攻擊即將命中楪小姐後頸的瞬間。

我揮劍將毒針從正中間砍成兩半。

然後順勢把楪小姐的身體撞倒在地，並且用劍貼著她的脖子。

這個姿勢就算暗殺者再次出擊，我也能夠保護楪小姐。

就在我警戒著對方何時會使出第二擊時——

「……我、我再次體會到自己的劍技在認真的你面前有如同嬰兒一般無力……不過那個暫且不提，這個模樣讓我覺得有點害羞喔……？」

「……咦？」

回過神來才發現我彷彿整個人騎在楪小姐身上。

四周響起讚賞我們逼真的模擬戰鬥的歡呼聲。

暗殺者的氣息在不知不覺間消失了。

＊

我趕緊尋找公爵，發現他正在和橙子小姐有說有笑，於是上前插話。

「……暗殺者？」

「是的。情況非常危險。」

聽完我說明狀況之後，公爵揚了揚下巴說道：

「現在已經安全了嗎？好吧，只要有你待在楪的身邊，想必不會有危險吧。」

「暗殺者的氣息已經消失。畢竟愈是優秀的暗殺者，失敗的當下愈快銷聲匿跡。」

「你為何會那麼想？」

「一流的暗殺者不是用完就丟的棄子，我覺得對方認為只要下次成功就可以了。」

「唔……橙子大人怎麼看？」

「和平常一樣直接叫我橙子就好。至於我的判斷嘛，各個敵國肯定會盯上楪的，暗殺者就是他們派來的吧？」

這是怎麼回事？

見到我一副搞不清楚狀況的模樣，橙子小姐為我說明：

「都到了這個時候，就和鈴葉兄解釋一下——之前不是要你陪著楪一起參加王立最強女騎士學園的遠征嗎？」

「嗯。」

「你不覺得當時山賊莫名得多嗎？」

「我是這麼覺得。」

「那些全都是佯裝成山賊的敵國精銳部隊。」

「啥？」

我頓時不禁驚呼失聲。

「不不不，這是在開玩笑吧？那些都是弱到連我這個外行人都能逮住的貨色耶。」

「……要是和鈴葉兄爭辯這方面的事會變得很麻煩，我就不吐槽嘍。那不是重點，問題在於盯上樸的敵國，以及暗中私通那些敵國的叛徒之間的管道並非只有一條。」

「…………」

「那次遠征時，我們刻意把數條不完整的情報透露給疑似間諜的那些人。還為他們各自準備一條最適合用來埋伏的路線，這麼一來就能透過在哪個地點遭受襲擊，清楚明白誰才是叛徒。」

「那麼結果是……？」

「很漂亮地全部中獎。我們所準備的地點全都毫無遺漏地安排了埋伏～」

「咦……」

「那當然不是巧合喔？因為在那之後經過仔細的拷問，所有俘虜都招供了。」

那是怎麼樣？貴族真的好可怕。

話說居然有那麼多人盯上楪小姐，敵人到底有多麼討厭她啊？

「……說來令人慚愧，我國軍隊的高層分裂成第一王子派與第二王子派，內鬥得很厲害，戰場的善後全都交由楪一個人解決。然而楪愈是努力功績便愈高，對於她的抨擊就更加猛烈。完全是惡性循環。」

「這簡直就是地獄吧……？」

「是地獄啊。此外對於敵國來說，要是楪消失的話，只要坐看我國高層內鬥就行了，因為在我國因此產生巨大內耗時，不管怎麼打都能贏。而且那些蠢貨竟然認為只要能殺了楪，就能大幅提升自己在派系中的地位，所以毫不忌諱地與敵人有所往來。」

「這種國家是不是滅亡了比較好啊……？」

「我很能理解你的感受，但是貴族有義務守護這個國家，這就是我如此努力的理由。至於楪嘛，應該很難威脅到她的生命吧。」

或許是這樣沒錯。

剛才暗殺未遂的事件，是因為楪小姐將所有注意力都集中在模擬戰鬥上，才會陷入那種險境，否則平常應該都會有所警覺。

畢竟就連我這個外行人都注意到了。

「……雖然不曉得鈴葉兄在想什麼，但是我要告訴你，那個想法絕對是錯的。」

「什麼嘛，真過分。」

5

之後我回到派對會場的庭園，戶外派對終於平安無事結束。

暗殺者沒有再次出手。

即便腦中很清楚不可能，但是直到事實擺在眼前才終於鬆了口氣。

「——看來大家都走了。」

「是啊。」

作為派對會場的庭園裡，現在只剩下我與楪小姐兩人。

照明的燈光熄滅之後，我們只能依靠星光，不過還好我和楪小姐的夜視能力都不錯。

「楪小姐，妳帶我來這裡有什麼事嗎？」

我還沒有對楪小姐說過她差點遭到暗殺。

所以應該不是為了那件事。

楪小姐似乎在這場戶外派對玩得很開心，我不想告訴她暗殺的事，毀了她的好心情。

況且公爵也說之後會自己告訴楪小姐，所以希望她至少今天能好好享受這場派對。

就在我思索她為什麼找我過來時，楪小姐說出意料之外的事。

「我找你來的原因嗎？這個嘛，就是想和你一起跳支舞。」

「……什麼？」

「穿著美麗禮服的我，在浪漫星光下和夥伴一起跳舞——我一直夢想著這個場景。」

基本上我不記得楪小姐曾經用「夥伴」這個稱呼叫過我。

倒是妹妹鈴葉經常擔任楪小姐鍛鍊的對手，所以夥伴這個稱呼比較適合她吧。

只有一件事最為特別。

在我和徬徨白髮吸血鬼戰鬥時，楪小姐挺身而出拚了命想保護我——在那個時候我們確實是夥伴。

「既然只有我們兩個人，那也不需要這種東西了。」

楪小姐扔掉了肩膀上的披肩。

那對光是一個就比頭還要碩大的成熟哈密瓜，豐潤堅挺地彰顯自己的存在。

「欸，我跟你說。我從小就一直有個憧憬喔。」

「憧憬什麼？」

「即使是像我這樣粗魯的女人——有著殺戮女戰神的稱號，無論男女都把我當成死神加以畏懼的女人，也能找到願意正視我，與我對等的夥伴——」

「……嗯……」

「不過那個男人當然只把我當作夥伴，絲毫不曾把我當成女人看待。所以我決定對那個男人復仇。」

「……嗯……」

「然後某個星光燦爛的浪漫夜晚，在沒有其他人的庭園裡，他與費心打扮的我一起跳舞。就在那個時候，夥伴終於首次意識到我不只是可靠的夥伴，更是青春的妙齡少女——這就是我所憧憬的故事。」

這一定是椺小姐一直追尋的夢想吧。

然而不幸的是她應該沒有找到足以成為夥伴的人。

僅僅十歲就在戰場獲得人生當中首次勝利，在那之後不斷騁馳在沙場上——即使如此依然一直在尋找。

「鈴葉的兄長，怎麼樣？你不願意嗎……？」

其實椺小姐自己肯定也很清楚。

我並非她長久夢想裡的理想夥伴。

只不過是與她認識的時間還不長，對於彼此的認識都不夠的男人，只是此時此刻剛好有那個機會。

所以——

我的答案當然只有一個。

「——來吧，請把手交給我。女士。」

「嗯——！」

我以似是而非的貴族舉止對楪小姐伸出手，就被即使快要哭出來，依然滿面笑容的她緊緊握住。

然後被她用力拉了過去。

這只不過是角色扮演。

本質上與孩子們玩的扮家家酒沒什麼兩樣。

所以只有現在這個瞬間，楪小姐才能毫無拘束地把我當成長年陪伴她的親密夥伴。

在星光之下，我們翩翩起舞。

由於我是個平民，當然完全不懂什麼舞步。

所以我只能讓自己的動作盡可能配合楪小姐的動作。

「明明完全不懂怎麼跳舞還能跟上，只能稱讚你的運動神經了……嗯，下次讓我好好教導你怎麼跳舞好了。」

「這就不必麻煩了。」

「不麻煩。至於報酬嘛，訓練還有訓練結束後的按摩再加一小時，就這麼說好了。」

「就說不需要了。」

之後這支舞不斷重複。

一直持續到發現我們的鈴葉大喊：「太、太狡猾了！我也想和哥哥一起跳舞！」飛撲而來為止。

4章 巨魔大樹海

1

這天我們在公爵府邸吃晚餐時，聽到了令我驚訝的消息。

鈴葉竟然不用考期末考，就直接被列為學年首席。

「咦？這是怎麼回事？別的學生應該還有逆轉的機會吧？」

「不不不，那是不可能的。確實不可能……」

楪小姐用很傷腦筋的語氣為我解釋。

「我那個時候在入學考打倒考官的學生——現在則是鈴葉了，期末考的測驗方式是和整個學年的學生對決。只要打倒所有人就是首席，不會有任何人質疑。要是鈴葉打輸了，接著就由剩下的學生再次進行淘汰賽。過程就是這樣。」

「這種測驗方式倒也很驚人呢……」

「不做到這種程度的話，其他學生根本沒有勝算。不過在我那個時候確實有效……」

這麼說來樸小姐是史上第一個在入學考打倒考官的人，鈴葉則是第二個對吧。

「但是這次不行嗎？」

「不是的，哥哥。我對於這種測驗方式沒有意見，而是大家全都棄權了。」

「棄權？」

「對。在開始之前我想對大家展示一下我的力氣——」

「嗯。」

「於是空手把校園裡大概十噸的石頭抬起來敲碎之後，不知為何所有同學都一臉蒼白，然後就棄權了。」

「唔嗯……」

如果對象是普通人，這種威脅是太過分了。

但是那些學生進入王立最強女騎士學園就讀好歹已經過了一個學期，那麼無論是誰都應該能辦到那點程度……

「為什麼要棄權呢？」

「我完全無法理解。」

「……鈴葉還有這位兄長，你們應該再多理解一下何謂常識。」

竟然被公爵家的大小姐批評沒常識。好難過。

在我的心裡，「這個沒常識的傢伙」這種話應該是平民專門用來嘲諷貴族的名台詞。

「算了，這種小事無所謂。鈴葉的兄長，問題在於之後的事。」

「什麼意思？」

「我們收到直接來自軍方最高司令部的命令。」

竟然被最高司令部直接指名，楪小姐真是太厲害了。

「你怎麼一副事不關己的樣子？那個命令的對象當然包含鈴葉的兄長喔？」

「咦咦？可是我又不是軍人，就只是個外行的平民耶……？」

「你都在模擬戰鬥展現實力了，說什麼外行人。」

楪小姐瞇起眼睛瞪著我。為什麼啊？

「好吧，鈴葉的兄長完全沒有自覺也不是一天兩天的事了。」

「咦？我又做錯了什麼嗎？」

「吵死了，這樣根本沒辦法說下去啊。總之你先聽最高司令部的命令再來吃驚吧——他們居然命令我和你們兄妹，三個人去國境的『巨魔大樹海』執行防衛任務！」

一臉嚴肅的楪小姐對著我們如此說道。

不過光是聽命令的內容，感覺也不是什麼會令人感到憤慨的事。

我確實沒有軍籍，不過只要支付日薪就沒問題……

「看來你還沒聽懂。這道命令可是要我們三個人抵禦來自巨魔大樹海的威脅喔？」

「……啥啊？」

我細細思量楪小姐的話，終於想到一種可能。

不不不，怎麼可能會有這種事。

「楪小姐，我先確認一下，這個任務除了我們之外當然還有很多其他士兵吧……？」

「怎麼可能會有。」

「呃——？據我所知，巨魔大樹海裡棲息的巨魔高達數十萬，到了每年夏天的繁殖期就會有大量巨魔跑到森林外面。那裡不但非常危險，還是國防方面的要地吧……？」

「你說得沒錯。」

「而且大樹海裡的巨魔不知為何出現特別的變異種的機率非常高，聽說不只普通士兵，就連老經驗的騎士也得要數人組隊才能應對……？」

「你學得很認真嘛。如果是你的話我可以馬上推薦你成為騎士，意下如何？」

「我才不需要。話說軍方居然只派我們三個人去防守那種地方，說好聽一點，他們的腦袋是不是燒壞了……？」

「我也這麼覺得！」

原來如此，這就是楪小姐氣急敗壞的原因。

「最高司令部的使者前來傳達命令，竟然對我說：『既然那位男士的實力與徬徨白髮吸血鬼對等，足以與之一戰，對你們來說應該能夠輕鬆完成吧。哇哈哈——』這種話。我一氣之下就讓那個使者刻骨銘心地體會我的實力了。字面上的意思。」

「……字面上的意思？」

「哥哥……公爵府邸有復活死者的魔法陣。」

「啊（驚覺）！」

敏銳的我頓時理解她做了什麼。

「我似乎做得有些太過火，導致他只要一看到我就會嚇到全身顫抖哭著嘔吐，怎麼樣也停不下來……咦？鈴葉的兄長，你為什麼要後退一步？」

「我真的嚇壞了。」

我再次理解一件事，就是絕對不要惹楪小姐生氣。

2

前往巨魔大樹海的路途，坦白說非常舒適。

至於理由當然是因為楪小姐。

在公爵家這個國內最高權力的背景下，她大肆揮霍與身分相襯的金錢，我和鈴葉也因此得到許多好處。

這一路上完全不像是遵從軍方的命令前往國境，根本就是大貴族的旅行。

「——等我們抵達巨魔大樹海之後，我希望鈴葉的兄長特別注意一下。」

在某間旅館用過晚餐之後。

楪小姐用嚴肅的語氣對著我說道：

「巨魔大樹海的防衛據點是我國和鄰國共用的堡壘。規矩是朝我國襲來的巨魔由我們負責，朝鄰國那邊去的由他們負責。」

「好的。」

「關於那個鄰國……機密情報顯示他們在幾年前發生政變，不過表面上還是平穩的政權交替。」

「這樣啊。」

「然後現在鄰國掌握實權的——是亞馬遜人。」

我聞言不禁驚訝地眨了眨眼。她說什麼？

「……亞馬遜人？是傳說中的那個種族嗎？妳是在開玩笑吧？」

「這不是玩笑話，確實是貨真價實的亞馬遜軍團。她們過去原本一直待在內陸深處的領土裡，但是幾年以前換了族長之後，便在短短的時間裡以壓倒性的軍力掌控鄰國全國。」

「那名族長真是厲害呢。」

「政治手腕方面確實在常人之上，更重要的是她毫無疑問是個軍事天才。」

說到這裡的楪小姐嘆了口氣：

「接下來的才是問題所在……根據我們公爵家的情報網，今年鄰國派往巨魔大樹海的軍隊，似乎正是那個亞馬遜軍團。」

這樣有什麼問題嗎？

「那不是很好嗎？亞馬遜軍團的戰鬥力很高吧？」

「以戰力來說確實很優秀，問題在於亞馬遜人很討厭男人。」

「啊，這點曾經聽說。」

「那些連腦袋都是肌肉的亞馬遜人認為男人都很軟弱，只是為了配種而存在，而且還真心相信男人和女人相比根本沒有絲毫成為戰士的資質。所以對待男人的態度極為惡劣，甚至還有不把男人當人看待的傾向。」

「原來如此……」

「而且這次因為軍方那些蠢貨的關係，我們只有三人，在人數上處於極度弱勢。此外我

方只有你這個男人，到時候她們肯定會特別針對你吧。」

話說到這裡，一直沉默聆聽的鈴葉冷靜開口：

「也就是說，只要把侮辱哥哥的臭婊子全都宰了就好吧？」

「鈴葉等等！」

「這是沒關係，不過絕對不能被人發現，否則會引起外交問題的。」

「怎麼連樑小姐也說這種話！」

「好了，到了現場再來好好商量。」

「拜託請妳們告訴我這是在開玩笑！」

樑小姐以感到很抱歉的態度朝著我低頭。

「我想屆時可能會讓鈴葉的兄長感到不快。非常抱歉。」

「別這麼說。請把頭抬起來。」

「──話雖如此，亞馬遜人認為不配擁有人權的終究只是普通男人。所以只要讓她們理解到你這個男人有多強，那些人的態度應該就會像鑽頭一樣飛快轉變。因此大概只要忍耐到那個時候就行了。」

題外話，鑽頭是一種會以非常快的速度旋轉的魔道具，價格相當昂貴。

「啊，就我這種程度沒問題嗎？」

「……雖然針對你的問題我有很多話想說，總之以你的實力不會有任何問題。」

那我就稍微放心了。

連我這種僅靠自己鍛鍊的實力都能獲得認可的話，那麼亞馬遜人厭惡男人的想法或許沒有傳聞中那麼嚴重。

3

我們終於抵達的巨魔大樹海防衛據點，是一座宛如巨大要塞的建築物。

來自鄰國駐守在此的亞馬遜軍團大約有一千人。

當初鄰近的兩國約定在巨魔繁殖期時，各自派遣十萬大軍前來這個堡壘駐守，雖然鄰國只派來千人，聽說不成問題。

原因據說是一名亞馬遜人就抵得上百名士兵的關係。

真的是這樣嗎？

「——我們完全沒料想到你們竟然只派了三個人。」

亞馬遜軍團的兩名總軍團長一臉嚴肅，表情中帶有些許不悅與不信任。

她們是雙胞胎，不管從哪個角度來看都長得一模一樣，兩人的名字似乎是花音與紫音。雖然不清楚她們的年齡，不過大概只比我們大一點吧？

她們的打扮不管怎麼看都是亞馬遜人。

身上穿著比基尼鎧甲，大方地將千錘百鍊的褐色肢體展露在外。

長相是所謂的東方人面孔，五官不是很立體，乍看之下很普通，但是細細品味便能發現她們都是頂級美少女。

比基尼鎧甲底下幾近全裸的軀體，用一句話來形容就是極度情色。

所有亞馬遜人的身材都很火辣，至於率領她們的兩人，身材更是好到就連魅魔見了也會羞愧逃跑。

話雖如此，我們這邊的鈴葉和楪小姐的身材也完全不輸給他們。

「妳們會感到不悅也是理所當然，但請容我說明一下情況。」

感覺若是怯弱的男人，光是站在她們眼前就會嚇到漏尿，然而楪小姐被這對氣勢驚人的美女姊妹瞪著，言行舉止依舊如此泰然自若，太可靠了。真不愧是貴族。

「目前我國軍情相當嚴峻。至於原因——」

楪小姐事前已經告訴過我們藉口了。

儘管那番說法勉強不算是謊言，但是說得保守一點就是過度誇大其詞，甚至很有可能導

致對方誤會。

也就是所謂有禮貌的外交辭令。

當然楪小姐也很清楚對方並不傻，所以她是將「我也覺得上頭只派我們三個人根本是腦子有問題，但是高官實在太過混蛋，我們也無計可施。抱歉嘍☆」這番話……仔仔細細地裹上好幾層包裝之後說出口。

在楪小姐使盡渾身解數說完藉口之後，一名亞馬遜總軍團長輕輕點頭。

「……我明白你們的意思了。」

「這、這樣啊。太好了——」

「不過那點小事怎樣都好。比起那個——」

楪小姐之前曾經告訴我。

亞馬遜人有不重視貴族階級相關禮儀的傾向。

所以對方或許會毫不避諱地直話直說。

「——問題在於那邊的男人。」

「妳是說鈴葉的兄長嗎？不過如同我剛才所說，他確實是男人，但他是我們的——」

「免了。反正光靠話語根本說不清。」

亞馬遜雙胞胎同時筆直地伸手指向我，輪番對我說道：

「楪說你非常非常厲害。」

「但是我們無論如何都難以置信。」

「所以我們要和你決鬥。」

「如果你能打贏，我們也會認可你——」

「「如何？」」

兩名充滿魄力的美女盯著自己，然後還問我如何。

像我這種普通平民的答案不就只有一個了嗎？

「好、好的……！」

「說得好，男人。」

「那麼接下來就來死鬥吧。」

「直到其中一方投降，或是死亡才算分出勝負。有意見嗎？」

「沒、沒有。」

她們對於比試的說法聽起來很危險，是我的錯覺嗎？

而且這個狀況可以說是她們給我一個機會，由身為男人的我讓亞馬遜人見識一下自己具備最低限度的實力。

如此一想，就讓我覺得她們確實是在顧慮我。

只不過用詞不太好聽。
畢竟在共同鎮守防線之前展現實力，可以說是理所當然的事。
「我覺得鈴葉的兄長不會有問題，還是要務必小心！」
「哥、哥哥！千萬要平安回來喔！」
我在心底感到不解，不曉得她們為什麼說得這麼誇張。
沒必要這樣吧，只不過是稍微打一場而已。

我在亞馬遜的總軍團長帶領下來到戶外，發現這裡不知不覺已經變成簡單的競技場。
恐怕這座堡壘裡所有的亞馬遜人都來到這裡圍了好幾個圈，只在正中央留下一片空地。

應該是要在這裡戰鬥吧。
我一來到亞馬遜人圍起的圓圈當中，兩人便望向我手中的劍說道：
「男人，你的武器太差勁了。借你一把吧。」
「啊，不必了。」
我的武器不是像亞馬遜人或樑小姐她們擁有的那種高級品，是平民也買得起的貨色。但也正因為如此，我才能在戰鬥方式下了苦功，不讓自己過度依賴武器。
「我不用武器也沒關係。」

我的想法是向她們展示我即使因為意外失去武器，也有能力戰鬥。

但是不知為何聽到我這麼說的瞬間，兩人頓時散發強烈的殺氣。

「男人，你很敢說。」

「以我們亞馬遜人為對手，還這麼有自信……你究竟是實力高強？或者只是蠢貨？」

「就讓我們透過戰鬥理解吧。」

「休想只得到我們的認可——你只能獲得亞馬遜人的一切，要不然就是死。」

「懷抱這種認知戰鬥吧。」

「現在，是時候堂堂正正——」

「「一決勝負！」」

兩名憤怒的亞馬遜人有如偷襲一樣突然發動攻擊。

她們莫非誤會我的意思是「就算空手也打得贏」嗎？

即便我想要辯解，亞馬遜人也已經用極快的速度逼近。

由於她們誤會我不用武器，所以也沒辦法用劍——既然如此沒辦法了！

「我進攻嘍！」

我用腳絆住衝過來的亞馬遜人，儘量把她踢得遠遠的。

對於另一名抓住絕妙的時間差出手的亞馬遜人，我輕輕朝著肚子揮拳。

我的拳頭深深刺入亞馬遜人裸露在外的腹肌——

「——唔咕嘔嗯嗯嗯！」

身體彎曲成弓字形的亞馬遜人發出有如青蛙被輾過的哀號。

4（楪的視點）

衝擊的戰鬥在眼前展開。

亞馬遜軍團的兩名最高統帥竟然被一個男人輕鬆應付。

實力差距太過明顯。

「……就連我這個妹妹也完全不清楚哥哥到底有多強……」

「別擔心，我也是。」

「……我跟哥哥聊過，他說自己也和我們一樣都在成長。可是我們之間的差距原本就有如天壤之別，繼續再變強下去，就會更接近人類完全無法理解的層次……」

「這點我同樣感同身受。」

對於鈴葉的喃喃自語，楪表示完全認同。

棣在心裡想著。

那個男人到底對自己的所作所為有幾分的認知呢？

亞馬遜人這個種族本來就是聞名全大陸的戰鬥民族，所有新生兒無一例外會從幼兒時期開始進行無比嚴格的訓練。

撐過嚴格訓練長大成人的亞馬遜人，實力說是一個人便足以媲美百名士兵也不誇張。

在亞馬遜人的社會當中，實力堅強的人擁有的社會地位也比較高。

也就是說亞馬遜的兩名總軍團長，毫無疑問是亞馬遜當中戰鬥力位居頂點的兩人。

在棣的記憶裡，那對雙胞胎應該一同兼任了族長一職。

然而在那個男人面前卻像是嬰兒一般束手無策。

就算只和其中一人交手，棣也絕對辦不到那種事。

她的實力在不久前才有了飛躍式的成長，如今應該有能力和她們一對一單挑，同時也有一定的勝率，但是倘若是有絲毫大意，等待她的就是敗北與死亡。

「啊……！哥哥剛才用一根手指擋下那一劍……！」

「……就算親眼見到，還是難以置信……」

棣覺得鈴葉的兄長肯定認為這只是一場切磋。

但是除了他以外的所有人並不這麼認為。

After my sister
enrolling in
Girl Knights'School,
I become a HERO.

立於超級戰鬥民族亞馬遜一族頂點的兩人，有如孩童遭到一個男人輕易壓制——眾人眼裡只有這個事實。

樑深切理解那兩名亞馬遜人現在的感受。

——贏不過鈴葉的兄長也是無可奈何的事。

實力差距大到令人絕望。

她們早已認知這個事實。

但是至少要砍他一劍，否則身為總軍團長與族長的她們將會顏面盡失。

兩名亞馬遜人的表情早已扭曲。

現場會將她們眼角不住流淌的液體當作汗水的，恐怕只有一個人——

「啊……！這次哥哥站在對手的劍上……！」

「……就算是那兩名軍團長，對上剛接觸劍的新兵也辦不到那種事吧。這代表他們的差距在此之上嗎……」

「……話說樑小姐有辦法獨自與那兩人戰鬥嗎？」

「那麼做並不理智。單獨對上一個人姑且不論，那兩個人本來就是雙胞胎，彼此之間的配合非常驚人喔？同時與那兩人交手根本就是自殺。」

「說得也是……可是這麼一來哥哥到底……」

儘管鈴葉驚訝到難以言喻，但是視線相當火熱。

見到她的模樣，楪突然意識到一件事。

氣氛似乎開始有了改變。

周圍觀戰的其他亞馬遜人眼睛裡，彷彿出現了愛心的形狀……？

「楪小姐，預防萬一我想問一下。」

「怎麼了，鈴葉？」

「……亞馬遜人這個種族該不會見到比自己厲害的男人，就會迷上對方吧……？」

「不，我沒有聽說過這種事。應該不會……」

楪的額頭流下一道冷汗。

據說亞馬遜人面對男人時的冰冷態度，基於不認同軟弱男人是與自己對等的異性。

那麼如果眼前出現一個男人，實力強到足以將族人當中最強的族長輕鬆地玩弄在股掌之間會怎麼樣？

對於亞馬遜人來說，說不定是第一個獲得認可的異性呢？

說她們作風高傲只是比較好聽，事實是這個由女性組成的軍團缺男人。

突然闖入視野的他被視為天底下獨一無二的男人（王子）似乎也完全不奇怪——？

「……哈、哈哈……不會吧……！」

楪竭盡全力勉強自己露出微微抽搐的笑容。

5

我原先擔心是否遭到亞馬遜人冷漠對待，結果完全是我多慮了。

她們一開始多多少少有些冷淡，但是在利用切磋打過招呼之後，很快便消除彼此的隔閡，親切的態度彷彿已經把我當成家人。

亞馬遜人都是很漂亮的美女，身材也相當出眾，而且所有人都露出友善的笑容積極拉近距離，完全不介意肢體接觸。

這讓我再次體會世間傳聞果然不可輕信。

「……雖然不曉得哥哥在想什麼，但是你現在想的事肯定完全錯得離譜喔？」

「鈴葉怎麼了？為什麼突然說這種話？」

「算了，反正哥哥的誤會也不是今天才開始的。不過——」

「怎麼了？」

「——為什麼那兩個亞馬遜人會坐在哥哥身邊！那裡應該是我的位置才對！」

砰！鈴葉拍了一下桌子，桌上的食物便頓時離開桌面。

「鈴葉，不能這樣。吃飯時要好好遵守規矩喔？」

「對、對不起，哥哥。我忍不住就……！」

看到消沉的鈴葉開始反省，坐在她身邊的楪小姐苦笑開口：

「好了好了，鈴葉的兄長。鈴葉應該有在反省了，看在我的面子上原諒她吧。」

「既然楪小姐這麼說了。」

「而且我也認為鈴葉說得沒錯，亞馬遜的兩位不會靠得太近了嗎？」

「沒辦法啊。據說這種肢體接觸似乎是亞馬遜人的習俗。」

沒錯，如今亞馬遜人的最高統帥雙胞胎一左一右把我夾在中間用餐。

據說這是鄰國的亞馬遜軍團為歡迎即將共同防守戰線的我們，所舉辦的小小宴會。

所以我的位置安排在鈴葉與楪小姐同桌的另一邊也很正常。

聽到我的回答，左右兩邊的亞馬遜人同時用力點頭表示同意：

「沒錯，正如大哥（大人）所說，這是亞馬遜一族最頂級的款待方式。不許旁人干預。」

「若想妨礙我們全心全意款待大哥，我們亞馬遜軍團必會戰到最後一兵一卒。」

不知為何，亞馬遜人對我的稱呼固定為大哥。

這個稱呼對於亞馬遜人來說似乎有什麼特別含意，無論楪小姐怎麼反對，她們依然堅持

「不接受除此之外的稱呼」。

我是不介意她們怎麼叫我。

而且那個稱呼一定有「亞馬遜人認可的男人」這種帥氣的意義吧。

或許會有。

如果有就好了。

「……好吧。不過哥哥，吃完飯後還要陪我們進行每日訓練，請你不要忘嘍？」

鈴葉的心情莫名不太好，兩名亞馬遜人聞言之後表示：

「那還真是幸運。請務必讓我們一起參加。」

「當然在訓練結束後，也要讓我們體驗一下那個特別按摩喔？」

「什麼！為什麼妳們會知道鈴葉的兄長的按摩！」

兩名亞馬遜人對著慌張無比的鈴葉與櫟小姐得意笑道：

「我們亞馬遜人的情報網相當優秀，掌握這點小事也是理所當然。」

「妳們該不會以為能夠瞞過我們這個盟軍吧？」

「唔……」

櫟小姐不知為何以一敗塗地的模樣跪倒在地。

這是為什麼？

等一下應該只是和平常一樣，訓練完畢幫她們按摩而已吧。

6（橙子的視點）

橙子帶著在王城走廊與屬下錯身而過時，對方悄悄交給她的報告返回自己的房間。讀了報告之後，臉上露出滿意的笑容。

「亞馬遜軍團也淪陷了……該說真不愧是鈴葉兄嗎？」

在這個國家的水面下，一個政變計畫正在悄悄進行。

——第一公主橙子將為了下任王位進行權力鬥爭的第一王子派與第二王子派同時擊潰，自己成為下任女王的計畫。

身為首謀其中之一的橙子完全不認為這場政變會失敗。

畢竟她這邊有這個國家最強的四個人——自己、櫟、鈴葉，還有鈴葉兄，完全想像不出政變失敗的情景。

但是對於未來的統治者橙子而言，並非當上女王就能鬆懈。

她必須考量更後面的事，所以從現在就開始布局。

「如此一來，應該就能避免亞馬遜人侵略這個最危險的情況……真是的，那些傢伙強得不得了，就連忠誠心也高到不能再高，要是不打從一開始就遏止侵略的苗頭，那麼真的會很可怕呢……」

發動政變也意味著向四面八方宣傳本國如今陷入混亂。

那麼當然會成為他國趁人之危的主因。

鄰國實際掌權者是亞馬遜人的族長，橙子曾經與她們有過幾次交談。那對極有才幹的雙胞胎是絕對不想與之為敵的對手。

要是我方有所大意，她們應該瞬間就會打過來吧。

要是這個國家沒有楪和橙子，對方肯定早已展開侵略了。

「不過話說回來，『大哥』實在是出乎意料……鈴葉兄到底讓她們見識到多麼誇張的實力啊——？」

亞馬遜一族遠比普通軍隊來得嚴格，眾所皆知，她們牢固無比的階級社會是以實力為基礎建構的。

不過幾乎沒人知道，她們的社會裡還存在著地位比族長更加崇高的傳說階層。

那就是大哥。

這是當亞馬遜族長判斷某個男性是遠超過自己的強者，認可他能夠立於亞馬遜人的頂點之上時，僅有男性可以取得的稱號。

順帶一提，要是比族長更強的人是女性，那麼將會強制成為新的族長，但是不會得到大姊之類的稱呼。

「即使如此……呵呵，我好像能想像得到楪慌張的表情……」

橙子很了解楪。儘管她表現出這個樣子，心裡肯定覺得鈴葉兄最終將屬於自己吧。

畢竟理應是最強對手的橙子背負著名為公主的巨大枷鎖。王族無法和平民結婚。

還有一個對手是他的妹妹，但她終究只是妹妹。不過鈴葉本人不這麼認為吧。

至於其他的對手，只要憑藉公爵家的權力和楪的武力加以解決就行。

但是亞馬遜人就不一樣了。

亞馬遜人原本就擁有眾所皆知的強大武力，此外現任族長更是牢牢掌握了鄰國政治方面的實權。

要是將權力、財力、武力合而為一，那麼就連櫻木公爵家也會相形見絀。

她們是強而有力的對手。原先在搶奪鈴葉兄的競爭裡占據壓倒性優勢的楪，現在因為有和他同一國這個有利條件，這才與對方勢均力敵。

亞馬遜族長的立場就是如此強大。

「不過楪，妳可不能生氣喔？我是為了這個國家的未來，故意把鈴葉兄的情報洩漏給亞

馬遜人，同時派遣你們去巨魔大樹海。可不是為了出氣才把情報洩漏出去喔……？」

如今這麼做的成果已經超越完美。

至少亞馬遜族長能與鈴葉的兄長相識，都要歸功於橙子，她們對此表達深深的感謝。

這個情報的報酬就是「只要沒有大哥的指示，鄰國和亞馬遜一族就絕對不會對這個國家出手」。

倘若前去觀察鈴葉兄的亞馬遜族長判斷這只是白跑一趟的話，甚至有可能直接打過來。

雖然這是個危險的賭注，但是依照橙子的判斷來看，應該有著極高的勝算。

然後結果也是理所當然賭贏了。

所以這一切絕對都是為了國家——這就是橙子的結論。

其中或許多少夾雜了一點私心，但是那又怎麼樣？

而且——

「嗯，要是楪和那些亞馬遜人起了爭執，導致無法善後的話——那、那麼我打破先例嫁給他，也、也是無可奈何的嘛……！」

身為統治國家的女王，絕不能讓國家因為一個男人而引發紛亂。

不過要是發生了染血的紛爭，怎麼樣都無法解決的話——

就算要打破以往的慣例——親自收服引發紛爭的元凶撥亂反正，也是身為女王應該履行的職責。

7

我們來到巨魔大樹海的堡壘已經過了兩週。

來到這裡之前還很擔心亞馬遜軍團，結果大家都是親切又溫柔，而且彬彬有禮的女性。除此之外大家都很可愛，身材也非常好，由於她們平常穿著比基尼鎧甲，讓我不知道眼睛要往哪邊看。

不知為何，每當我為此感到傷腦筋時，鈴葉經常靠過來做出奇怪的舉動，要說最近的煩惱的話，確實也是個煩惱。

現在也是一樣。

「呼──真熱呢，哥哥。（搧搧搧）」

「……？」

「你怎麼了，哥哥？為什麼一臉疑惑的樣子？（搧搧搧）」

「嗯，就是……算了，沒什麼。」

「哥哥真奇怪。話說這裡還真熱。（搧搧搧）」

順帶一提，（搧搧搧）是指鈴葉正在用手朝著衣服裡搧風。

鈴葉不是會做這種不雅動作的女孩子，但是來到這座堡壘之後變得經常這麼做。

除此之外還有搧裙子的動作也是。

或是一邊對我說：「哥哥，我稍微變胖了……」一邊勉強自己穿上胸前緊繃得不得了的衣服讓我看。

還有突然說聲：「平常都是哥哥幫我按摩，換我來吧。」跑來幫我按摩。如果只是這樣倒還好，但是按摩時經常把胸部壓在我身上。

她每次這麼做的時候，明明感到非常害羞地滿臉通紅，卻裝出若無其事的樣子偷瞄我，這些我全都知情。

不曉得鈴葉有什麼打算，完全不知道該如何反應，因此十分苦惱。

但是我隱約察覺不能夠直接問本人，所以悄悄找楪小姐商量。至於商量的結果——

「……你這個人真是完全不懂女孩子的心……」

楪小姐以受不了的模樣聳肩搖頭，還用憐憫的眼神望著我。

「聽好了，這很簡單。也就是——」

楪小姐正打算向我說明，然而話說到一半就停了下來。

「……嗯，等等喔？這是個機會嗎……？」

「楪小姐？」

「……趁現在賣鈴葉一個人情，讓她成為我的夥伴的話……萬一那些亞馬遜人做得太過火，屆時就可以用上鈴葉這張牌……好像可以……」

「呃……楪小姐……？」

「吵死了。我正在思考非常重要的事，你安靜一下。」

楪小姐畢竟是公爵千金，一定是在和我說話時突然想到事關國家的百年大計吧。

不停點頭還唸唸有詞的楪小姐，似乎終於理清自己的思緒，朝我露出爽朗的笑容。

「聽好了。這件事非常單純，她那麼做的原因就是你。」

「我嗎？」

「沒錯。你因為訓練還有按摩之類的事，花在亞馬遜人身上的時間變多了，所以你陪伴鈴葉，當然還有我——陪在我們身邊的時間就變少了吧？」

「確實是這樣沒錯。」

「鈴葉應該是覺得你被亞馬遜人搶走了，因而感到很寂寞。所以才會積極地和你肢體接觸，想藉此吸引你的注意力。」

「這樣啊。原來是這麼回事。」

「所以今後最好盡可能減少和亞馬遜人之間的交流，優先陪我和鈴葉訓練和按摩。沒錯，務必要這麼做。」

「可是亞馬遜人是鄰國派來與我們並肩作戰的部隊，如果讓她們覺得我的態度很冷淡的話，應該不太好吧？」

聽到我的疑問，櫟小姐一臉凝重地思考：

「……這確實是個問題。要是你的態度突然產生變化，亞馬遜人肯定會懷疑是我在背地裡做了什麼。不過就算要你不動聲色妥善應對，應該也辦不到……」

「抱、抱歉。」

「沒關係。那就沒辦法了，你下次找時間陪鈴葉約會一整天吧。」

「約會嗎？可是我們是兄妹耶？」

「不必想得太複雜。到時候一整天別與亞馬遜人交流，把時間全都獻給鈴葉就行了。一對一陪鈴葉訓練一整天，在訓練前後為她進行全套按摩，用餐時拿出親手做的料理給她吃，然後在睡前兩人一起盡情聊天就可以了。」

「只要這樣就好嗎？那倒是很簡單……」

「這樣就行了。對了，你和鈴葉約會結束後，記得和我做一模一樣的事，到時候再麻煩你了。」

「什麼？」

「要是不實際體驗一下，就沒辦法確認做什麼有助於安撫鈴葉了——我、我絕對不是想和你兩人單獨訓練、體會你的全套按摩，還有享受你親手做的料理療癒自己的心喔？你千萬別誤會了。」

「這我當然明白。」

在那之後過了幾天，我依照榤小姐的建議找鈴葉做了一整天寸步不離的一對一特訓。訓練前後也做了特別版的全套按摩，吃晚飯時刻意露了一手，把鈴葉最喜歡吃的味噌炸豬排、炸蝦，還有鰻魚飯端上桌後，只見她高興地流下眼淚，並且用驚人的氣勢把飯菜全都吃光光。

幸好有依照榤小姐的建議去做。

公爵千金的聰明才智果然非比尋常，讓我不禁深感佩服。

8（榤的視點）

鈴葉與兄長約會的隔天晚上。

鈴葉瞞著兄長來到楪的房間，在門口九十度彎腰向她表達自己的謝意。

「楪小姐！這次真的、真的——太感謝妳了！」

「先進來再說吧。被那些亞馬遜人發現就麻煩了。」

「打擾了。」

楪一邊讓鈴葉進入房間，同時內心不禁感到驚訝。

畢竟自己還沒有對鈴葉說明原委。

楪關上門之後，再次確認四周沒有亞馬遜人或是其他間諜便問道：

「好了，雖然想問妳為什麼要道謝……不過我就算裝傻也沒用吧。」

「當然了。昨天我和哥哥的那場約會，是楪小姐要他那麼做的吧？」

「我有要求鈴葉的兄長別說出我的名字，還要他表現得好像是自己想的一樣，還是說溜嘴了嗎？」

「沒有。不過哥哥不可能自己突然想到，所以答案只有一個。」

「那麼我問妳。我讓鈴葉和兄長約會的好處是什麼？」

「賣我一個人情，在應對亞馬遜人時便能多一張手牌……對嗎？」

真令人嘖嘖稱奇。

既然她已經看得如此透徹，那麼沒有必要繼續裝傻。

「嗯，妳說得對。畢竟那些亞馬遜人一直纏著妳的兄長。」

「就是說啊！她們到底有什麼企圖！竟然用大哥這種親暱的稱呼叫哥哥！能叫他哥哥的人，這個世界上應該只有身為他妹妹的我！」

「老實說，我也不知道這件事該說是預料之外，還是令人困惑……姑且不提亞馬遜人接納妳的兄長，但是竟然親近到那種地步，實在太過令人感到意外。」

棵對於亞馬遜人的知識，和普通的高階貴族相差無幾。

也就是說她並不知曉亞馬遜人稱呼鈴葉的兄長為大哥的理由。

頂多只能推測那是給予打倒亞馬遜最高統帥之人的稱呼。

至於那其實是僅有亞馬遜一族所有人絕對服從的男性才能獲得的尊稱，這已經完全超出她的想像。

「……亞馬遜人難道想招攬哥哥嗎？」

「我沒辦法確定。不過從她們的態度看來，一般都會認為她們有那個念頭。而且只要她們繼續調查鈴葉的兄長的事蹟，肯定無論如何都想得到他。」

「不過哥哥一直認為自己只是個平民。」

「畢竟鈴葉的兄長雖然聰穎，只有在這方面是個大笨蛋……好吧，要是他有所自覺也會很麻煩，所以就不管他了。」

「是啊。我深有同感。」

「嗯？鈴葉覺得不用讓兄長對自己的實力有所認知也沒關係嗎？」

「並非如此。只不過若是突然有個公主說要和他結婚的話，那就傷腦筋了。」

「原來如此。」

楪與鈴葉相視苦笑。

兩人藉由這次的對話確認就希望維持平穩的現狀這點，她們的利害關係是一致的。

「既然這樣，我有個提議。」

「雖然機會難得，但請容我拒絕。」

「……我什麼都還沒說喔？」

「不用聽也知道。楪小姐是想要我站在妳那邊吧？」

「沒錯。妳既然明白就好談了。」

「可是現在──亞馬遜人對哥哥釋放的好意超乎想像的現在，我沒有必要馬上下決心選擇楪小姐那邊。」

「…………」

「而且我們是平民，將來也很有可能選擇在其他國家生活。雖然我對楪小姐抱持好感，但我有必要為了哥哥最理想的未來，把亞馬遜人和楪小姐放在天秤上吧？」

「真是的。妳這個為了兄長著想的妹妹實在無可挑剔。」

「畢竟哥哥有時候太善良了。所以我要好好支持他。」

雖然遭到鈴葉拒絕，但是楪沒有絲毫不快。

楪反而因為鈴葉乾脆拒絕的態度，感受到坦蕩蕩的真誠。

如果是本國那些腐敗的貴族，肯定會在表面對楪阿諛奉承，同時在背地裡聯繫亞馬遜人進行交易吧。那些人將來會捨棄居於弱勢的陣營，毫不在乎承諾輕易背叛。

況且鈴葉有著綜觀全局的智慧，楪打從一開始就不期待她會老實答應自己的提議。

但是楪還有一個對策。

「我明白鈴葉的意思了。但是我覺得妳忘了一件事。」

「……什麼事？」

「亞馬遜的最高統帥是雙胞胎這件事。」

「那又怎麼樣？」

「妳還不明白嗎？要是鈴葉的兄長將來娶了那對雙胞胎，或是進展沒那麼快，他們先成為戀人呢？」

「就、就算發生那種情況，我是哥哥唯一的妹妹，我的立場絕對會獲得保障——」

「妳的聲音在發抖喔？好吧，就算真是那樣，我也不認為他會優先考量妹妹，把妻子或戀人擺在一旁。即使鈴葉的兄長平等對待她們和妳——那麼到時候鈴葉在兄長心中的地位，就會減少成現在的三分之一。」

「啊——！」

鈴葉大受衝擊，站在原地動彈不得。

楪好不容易忍住「喂，妳難道從來沒有想過嗎？」這句吐槽繼續開口：

「不過要是選擇我就只會變成一半——是選擇亞馬遜人時的一．五倍。」

「怎、怎怎怎、怎麼會這樣！」

「非常簡單，因為我只有一個人，而亞馬遜的最高統帥是雙胞胎。所以鈴葉要是站在我這邊，即使出了什麼萬一，至少也能得到一半——」

「我願意成為楪小姐的夥伴。」

鈴葉說得斬釘截鐵。

望著楪的眼神無比澄澈，讓人完全不覺得她會有背叛的想法。

「這、這樣啊……那麼今後還要麻煩妳了。」

「好的，楪小姐。從現在開始我們就是志同道合的戰友。」

楪緊緊握住鈴葉的手同時思考。

鈴葉看起來雖然很可靠，但是某些方面顯得有點傻氣。

這是不是受到兄長的影響呢——

9

我半開玩笑地說道：「難得來到巨魔大樹海，想要去裡面一點的地方瞧瞧。」

我自己確實很感興趣，不過進入充滿未知的魔物之森這種提議肯定會遭到反對。

至少我是這麼認為。

但是楪小姐和鈴葉卻很乾脆地同意了，不僅如此還說要一起去。

「鈴葉的兄長肯定不會有問題——啊，萬一被巨魔包圍還是很危險，所以我也一起去保護你的背後吧。」

「只有哥哥和楪小姐兩個人很危險，我也要去監視……我說的當然是巨魔喔？」

然後兩名亞馬遜的總軍團長也表示：

「和大哥勇闖巨魔大樹海……多麼令人熱血沸騰的戰鬥……！」

「參加這場戰鬥的亞馬遜人肯定會集族人最大的讚賞與嫉妒於一身……！」

「不過要是所有亞馬遜人一起闖進大樹海，一定很快就會被察覺吧。為了避免被巨魔發現，五個人是極限了……！」

「也就是說整個亞馬遜族能參加的只有我們雙胞胎……！」

在我還沒搞清楚怎麼回事時，她們兩人已經決定要陪我們一起去。

於是乎，我和鈴葉、檪小姐，還有兩名亞馬遜的總軍團長，便一起前往巨魔大樹海進行偵查。

這趟絕對不是出去玩。

即使是因為我想去森林裡面看看，鈴葉也滿心歡喜地準備野餐的午餐盒，檪小姐帶上專門提供給貴族享用的高級茶葉，依然是嚴肅的偵查行動。

*

巨魔大樹海內相當昏暗。

那種昏暗和一般的陰暗不同。說不清楚是光線黯淡還是陰森，很符合魔物之森形象的可怕昏暗。這是因為森林裡的氣氛完全不同嗎？

其他人的感受肯定和我一樣——

「哥哥，樹海裡面挺涼爽的，很舒服呢。」

「完全沒有巨魔的氣息。穿越林蔭灑落的日光也很美，就像幻想裡的場景呢。」

——看樣子並非如此。

兩名亞馬遜人一臉納悶地走著，似乎感到很不可思議。

看來她們多少感受到一些不自然的地方。

就這麼走了一陣子，完全沒有遇到巨魔或是其他魔物。

「嗯——該怎麼辦才好呢……？」

「哥哥，要吃午餐了嗎？我覺得可以晚一點再吃。」

「不，我不是在說這個。」

隨著我們深入大樹海，縈繞在肌膚上那種不舒服的氛圍不僅沒有變淡，感覺反而變得愈來愈濃郁。

然而完全沒撞見巨魔。這點真的很奇怪。

考量到最重要的是安全，我覺得我們應該先撤退……

「鈴葉的兄長好像有些不安呢。你沒有和巨魔交手的經驗嗎？不過你可以放心，你的身後就交給我守護！」

「大哥，我們雙胞胎也會陪在你身邊。」

「只要大哥和我們聯手，巨魔根本不足為懼。」

「……呃，那麼再往裡面走一點吧……？」

「「「嗯。」」」

公爵家的大小姐和兩名亞馬遜總軍團長似乎都沒有撤出樹海的打算。

那我不好的預感就不重要了。

畢竟這三個人都是實戰經驗遠比我豐富的職業軍人嘛。

我們繼續往大樹海的深處前進。

途中楪小姐她們趁機教導我關於巨魔的基本知識。

其實我從來沒有見過巨魔。

經驗豐富的大家願意這樣傳授我這些知識，確實讓我很開心。

「話說真沒想到大哥這樣的強者居然沒有打倒過巨魔。」

「這、這樣啊……哈哈哈……」

想不到自己說出這番話：「我只是普通人，當然從來不曾與巨魔戰鬥。」被她們反問：

「那麼你為什麼會在這裡？」只好笑著蒙混過去。

楪小姐和兩名亞馬遜人過去都曾經好幾次狩獵巨魔，甚至有過摧毀巨魔聚落的經驗。真是可靠。

「——以你的實力，一般的巨魔完全不足為懼。不過還是不能大意，巨魔當中偶爾會出現稀有種，例如巨魔暗殺者或是巨魔將軍。關於這點和哥布林一樣。」

「很厲害嗎？」

「當然比普通的巨魔強多了。而且巨魔將軍和巨魔王能夠像率領軍隊一樣號令其他巨魔，所以更加棘手。」

「原來如此。楪小姐也有遇過稀有種巨魔嗎？」

「沒有，我不曾遇過。亞馬遜的兩位如何呢？」

「……只遇過一次。那是場艱辛的激烈戰鬥。」

「我同意。當時與我們對峙的巨魔是由巨魔薩滿率領。那傢伙明明是巨魔卻會使用幻術魔法，當時牠打算將我們誘導到敵陣當中把我們分開。但是我們亞馬遜人絕不會屈服——」

「——停。大家先等一下。」

「「大哥？」」

我恍然大悟。

為什麼之前沒有注意到呢？

儘管大家都用感到疑惑的表情看向我，但是現在沒有時間解釋太多。

「之前完全沒有注意到——因為我一直以為巨魔不會使用魔法。」

「你怎麼了？對巨魔薩滿有興趣嗎？不過那是稀有種當中的稀有種喔？」

「機率並不是零。既然如此就能理解為什麼一直有種不自然的感覺了。」

「哥哥……？」

「就是這麼回事——！」

我將自己的魔力砸向四周看似平常的樹海景象。

啪唧！玻璃的碎裂聲響起，周遭的景象出現無數裂痕。

裂痕後方才是真實的景象。

數量驚人的巨魔將我們團團包圍了。

10（�的視點）

不管怎麼砍殺，樑眼前的巨魔仍然源源不絕湧上來。

即便是再怎麼高級的變異種，區區巨魔還難不倒樑，但是不斷斬殺肌肉厚實的龐大巨魔，導致原先流暢舞動的劍鋒也變得沉重起來。

樑一邊揮劍，一邊自嘲自己真是無可救藥的蠢蛋。

當初上頭命令包含自己在內的三人前來大樹海時，棵儘管相當憤怒，心中依然懷有「總有辦法應付吧」的想法。

因為她知道來自大樹海的巨魔與過去相比有所減少，特別是最近幾年甚至少到令人感到不習慣的地步。

巨魔變得比以前老實了？或者是這個種族邁向弱化期——無論是自己還是鄰國，都產生了這種愚蠢的想法。

然而事實卻是大相徑庭。

因為經過千錘百鍊的大批變異種巨魔正在虎視眈眈累積力量，靜靜等待露出獠牙的最佳時機——！

巨魔本來就是十分危險的魔物，光是一隻就有能力毀滅小城鎮。

成為變異種之後，危險程度更上一層樓。

再加上大樹海裡的巨魔們毫無疑問透過一次又一次的訓練，學會了有組織的靈活作戰。

別說是巨魔將軍，就連巨魔王都辦不到這種事。

恐怕是由巨魔王再次突變的——王中之王(King of Kings)，才能花費這麼長的時間將群體鍛鍊到這種地步吧。

「棵小姐，妳的呼吸亂了！冷靜下來！」

「嗯！抱歉！」

「現在要忍耐！只要撐住絕對能夠找到活路！」

「是啊，沒錯——！」

楪瞬間認真思考鈴葉的兄長背後是否有長眼睛，卻隨即露出苦笑。這怎麼可能。

如今鈴葉的兄長正與楪等人背對背，抵禦來自四面八方的巨魔。

鈴葉的兄長一個人便負責了一半的範圍。

至於另外一半則是由鈴葉、楪，以及兩名亞馬遜人，四個人一同防守。

（這就是我和鈴葉的兄長的實力差距——！）

一半只需一個人，另一半則需四個人。

所以實力差距肯定不只四倍。

不用想也能知道，要同時抗衡眾多對手，需要擁有數倍以上的實力。

（我們和鈴葉的兄長的實力差距最少也有十倍，不對，應該更大嗎？自以為是他的夥伴而沾沾自喜，我真是丟臉又可悲的女人。可是——）

楪下意識揚起嘴角。

（——可是，為什麼我的心會如此雀躍呢！）

自己讓視為夥伴的男人誤入巨魔的陷阱，簡直難看得要命。

對於自己的實力遠遠不及夥伴，感到後悔得要命。

本來應該由自己守護的背後，卻只能守住四分之一，這點可悲得要命。

然而——

即便如此。

自己和夥伴背靠背展開死鬥——讓人開心得要命。

（巨魔的數量多到數不清……！我肯定會和夥伴背靠背死在這裡吧……！）

楪覺得這樣也不壞。

不對，豈止是不壞，感覺自己已經想不出更好的死法了。

儘管很對不起遭到波及的夥伴，不過到了天國之後，就以言聽計從的奴隸女僕身分永遠奉仕他，乞求他的原諒吧——

「楪小姐。」

鈴葉的兄長高亢的聲音讓她回過神來。

「聽到我的信號之後請妳接替我的位置，撐個兩分……不，一分鐘就好。」

「你打算做什麼？」

「我要去拿下巨魔王的首級。」

她很懷疑是否真的辦得到這種事。

「負責指揮部隊的巨魔王失去耐心，慢慢離開安全的地方往這裡接近了。雖然隱藏得很好，但是下達指令的地點還有魔力的品質是藏不住的。」

即使聽到他這麼說，樑仍然完全無法察覺。

鈴葉和兩名亞馬遜人同樣如此。

「只要打倒巨魔王，指揮體系就會瞬間崩潰，之後只要面對各自為戰的變異種巨魔。不過那傢伙很膽小，所以出手的機會恐怕只有一次。要是錯過這個機會，被牠們引進樹海深處演變成長期戰的話，我們恐怕不會有勝算。」

「嗯。」

「所以樑小姐，能夠拜託妳嗎？」

「好的。我就算死也會支撐兩分鐘。」

「不用了，只要一分鐘——」

樑搶在鈴葉的兄長反駁之前開口：

「你一開始說要我堅持兩分鐘，那就代表你相信我能辦到。既然如此，無論如何都要對得起你的信任。」

「……抱歉，真的幫了我大忙。」

「沒什麼好道歉的。我們是夥伴，互相幫助也是理所當然吧？」

——楪在之後回想起這件事。

那是自己首次拋下心中的介懷，直接稱呼鈴葉的兄長為「夥伴」的瞬間。

不過當時理所當然沒有餘裕注意這種事。

「楪小姐，那就麻煩妳了。」

「好，交給我吧。」

彼此的互動相當簡潔。

機會來臨的時刻出乎預料地快。

「三、二、一……就是現在！」

「喝啊啊！」

楪全力振作氣勢並且和鈴葉的兄長互換位置，只見他的身體就像被巨魔打飛一樣朝著後方飛去。

這一切當然只是表象。

然而楪甚至沒有絲毫餘裕關注他。

（我的夥伴——一直在承受巨魔如此猛烈的攻勢嗎！）

光是單純的計算，敵人的攻擊已經是原先的四倍。

來自兩側，經過配合的巨魔攻擊綿延不絕，她只能拚命閃躲。

就在楪感覺支撐不住的六十三秒後。

楪已經做好迎接死亡的心理準備，這才發覺襲向自己的攻擊頓時緩和下來。

她意識到巨魔王已經被打倒了。

（你這個人真是……明明離我這麼遠，還是在千鈞一髮之際救了我的命嗎……）

我的夥伴拯救我的次數也太多了——

楪如此喃喃自語。

11

戰鬥持續了三天三夜，我們絲毫沒有睡眠的時間。

感覺就像大樹海裡的所有巨魔都朝我們襲來。

那或許是被我打倒的巨魔王下達的最後一道命令。

就算失去指揮全軍的領袖，巨魔當中仍不乏變異種。

此外巨魔王麾下淨是強悍的巨魔，可能全都經歷過不像魔物會做的訓練吧。即便能夠一

隻隻打倒，同時面對一整群便相當難以應付。

再加上我們當初預想頂多只會遇上幾隻巨魔，因此各自只帶一套裝備，這點同樣增加了我們的劣勢。

「……我……還活著嗎……？」

這是打倒最後一隻巨魔之後直接倒地，有如斷線木偶昏迷過去的楪小姐醒過來後所說的第一句話。

楪小姐注意到自己被我抱住，忍不住眨了眨眼睛。

「不，不對。我躺在你強壯的臂膀裡，被你溫柔地抱住，也就是說——這樣啊，這裡是天國嗎？還是我死前的走馬燈？」

「這是現實。呃，不好意思，我為了傳輸魔力進行治療，才會脫去妳的衣服抱住妳。」

「不，你不用騙我。儘管是死前的走馬燈，我卻能以這種有如作夢的死法逝去——至今一直孤單一人的我，最後得以沉眠在夥伴的懷中。」

「就說這是現實了。」

「沒關係，你不必安慰我。我是真心這麼認為。至於需要特別補充的部分——」

「唔、唔噗！」

「呵呵，這樣就行了——我一直想把夥伴的臉埋在自己的胸膛裡緊緊抱住。然後讓你意識到身邊的我其實是個成熟的女人，並且非常非常想和身為夥伴的你生孩子——」

「那個……棵小姐……？」

「婚禮要在眾神的見證下舉辦，有了孩子之後夫妻一起教他們劍術。新屋庭院裡有結婚紀念日種下的一片櫻樹，等到哪天我們都變成老爺爺老奶奶，依然會每年一起坐在緣廊眺望盛開的櫻花。然後，然後——呼——」

話說到這裡，棵小姐再次睡著了。

畢竟完全沒睡覺，連續戰鬥了三天嘛。

我這個外行人的治癒魔法似乎總算起了作用，好好睡一覺應該會恢復比較快吧。

「……話說棵小姐的情緒好像格外高昂呢……」

這是戰鬥了三天三夜，一直處於亢奮狀態的影響嗎？或者我這個外行人的治癒魔法還不成熟的緣故呢？

棵小姐不僅稱我為夥伴，還用過度豐滿的胸膛緊緊抱住我，更像在作夢一般示愛。

這或許就是鈴葉以前說過的吊橋效應吧。

似乎是在瀕臨死亡之時，會覺得自己身邊的異性很有魅力。

「……等到清醒之後就會忘掉吧……？」

儘管楪小姐剛才意識朦朧，但是身為公爵家直系長女，同時也是國家英雄的她對我這個平凡的平民說了那些可愛的發言。

要是醒過來之後還記得，肯定深深感到後悔，甚至可能殺了我滅口。

「不過楪小姐應該不會做那種事……我要是不裝作不知道肯定很不妙……」

我將煩惱拋在腦後，轉換心情。

「比起這件事，現在更重要的是幫鈴葉和兩名亞馬遜人治療……雖然不至於瀕死，但是再這樣下去沒辦法活著返回堡壘……」

在那之後，鈴葉等人似乎也產生了和楪小姐差不多的妄想，或者說是幻覺。

我有了這麼世上難得的體驗——我的頭先後被自己的妹妹與厭惡男性的亞馬遜人夾在豐滿的雙乳之間，同時傾聽她們訴說愛意。

順帶一提。

醒來的楪小姐好像記得很清楚，每次看著我就會臉色發紅或發白。

不消說，我當然始終表現得自己什麼都不知道，什麼也沒聽到。

12（橙子的視點）

某天深夜，精疲力盡的的橙子造訪櫻木公爵家的書齋，與同樣顯得精疲力盡的櫻木家家主見面。

「您好啊……看來這邊掌握的狀況也差不多吧？」

「是啊。」

就在短短幾天前，極具衝擊性的新聞震驚了全大陸。

巨魔大樹海裡存在著極為強悍而且有組織的魔物軍團。

受幻術魔法隱蔽的大樹海深處，魔物組織了足以毀滅國家的龐大軍團，窺探侵略人類社會的機會。

然而那支魔物軍團──被僅有五人的精銳部隊完全擊潰了。

「我們公爵家也有去打探情況，軍方的最高層幹部似乎從上到下一片譁然。那些蠢貨好像正在密謀將殲滅魔物軍團的功績占為己有。」

「啥？那是怎樣！」

「他們打從一開始便察覺那支魔物軍團的存在，所以特地派遣楪他們過去──他們似乎想把故事編成這樣。」

「不不不，這也未免太不可行了！如果有人知道魔物在巨魔大樹海裡組織了那麼可怕的

魔物軍團，卻完全沒有向國王和鄰國提出報告的話，已經是足以誅殺全族的背叛罪了！」

「完全沒錯。」

「而且就算說得過去，從結果來看就會變成派人過去的那些蠢貨，對於鈴葉兄等人的能力有著極高評價吧！」

「正是如此。但是事到如今，那些人仍然不願意承認楪還有那個男人的能力。」

「這個嘛，楪當然不用說，所有人都知道櫻木公爵家對鈴葉還有鈴葉兄青睞有加啊！那些人應該是認為要是承認他的實力，公爵家的權勢就會變得過於強大吧？」

「真是愚昧啊。」

「是啊——不管他們承不承認，事實都是無法改變的！」

一想到那些蠢到不行的軍方人士，橙子就怒氣沖沖。

讓優秀的軍人前往前線戰死，或是利用政治手段讓他們在戰場上吃敗仗再加以排擠，以至於如今軍方的最高層幹部都是一些垃圾，他們最擅長的事就是瞞上欺下。

即使如此，以楪為首的最前線部隊實在過於優秀，在戰場上接連獲得勝利，進而導致司令部的腐敗持續增長，簡直是惡性循環。

楪曾經說過，她不只一兩次想在戰場上故意打敗仗。

然而自己愈是放水，身邊死去的士兵只會愈多，因此遇到這種狀況的她無論如何都狠不下心那麼做。

「那麼王族有什麼動靜？」

「這邊也差不多吧。無論是第一王子還是第二王子都忙著想辦法將消滅魔物軍團的功勞變成自己的王牌，企圖掌握主導權。」

「愚蠢至極。想得到王牌的話，把那個男人收入麾下才是最簡單的方法吧。」

「他們就是連這麼簡單的事也不懂，才會持續那種低等級的紛爭吧？不過話雖如此，要是他們想對鈴葉兄出手，我也會使出全力擊潰他們就是了！」

「那是當然。」

「但是那兩個笨哥哥花了幾天的工夫，好像終於注意到無法搶奪他們的功勞。」

「至少他們沒有打算強行偽造功績，單就這點來看已經算好的。」

「不，他們一開始有打算那麼做喔。不過鄰國已經發表正式聲明了吧？他們好像覺得顛覆對方的說法太危險，這才死心了──」

沒錯，鄰國的應對速度非常快。

速度之快讓人不得不認為他們在確認實際情況後便立即發表聲明，並且向全世界公布這個事件的所有細節。

而且傳達至各方的消息全都是讚揚國家。

大部分的愚蠢貴族只看到表面。即使那是事實，頭腦靈活的少數人也對鄰國為何放棄這個展現本國功績和軍事力量的絕佳機會感到疑惑。

橙子很清楚其中緣由。

那個國家並沒有打算放棄展現自己的機會。

只是由於站在亞馬遜一族頂點的大哥恰好是本國的人，他們極力讚揚身為大哥的鈴葉兄，所以看起來才像是在推崇本國。

橙子微微鬆了口氣。

「不管怎麼樣，楪和鈴葉兄他們平安無事，真是太好了。鈴葉兄在這件事立下的功績已經足以讓他成為終身貴族，一開始聽聞時我差點沒嚇死，但是結果還算不錯──」

「這還有待商榷吧。」

「……為什麼？無論是那些蠢貴族，還是那兩個笨哥哥應該都無法忽視鈴葉兄這次的功勞吧？更何況如果他們膽敢那麼做，不是被氣瘋的楪大卸八塊，就是領地遭到憤怒的亞馬遜人攻擊而滅族──」

「話雖如此，根據我們家情報部門的報告，軍方有部分人似乎已經想到其他利用這次事件的方式了。」

「咦……？」

「如果硬是要騙過眾人把這次的功績占為己有，究竟該怎麼做呢？答案是只需讓人誤以為這是更大的功績的一部分就好。這麼做雖然卑鄙，但是確實有效。遺憾的是他們已經透過這次消滅魔物軍團的事實，得到那麼做的藉口。」

「等、等一下，這是開玩笑吧！他們到底想做什麼！」

公爵家家主一臉嚴肅地回答：

「侵略戰爭。」

5章 侵略戰爭與充滿硝煙味的日常，以及——

1

就我所知，楪小姐在回國的路上心情都非常好。

這種說法可能會招人誤解，只見她莫名顯得非常興奮。

與我的對話內容也都充滿了樂觀的情緒。

「這麼一來恭喜你也成為貴族了！」

「不不不，只不過是消滅巨魔而已，怎麼可能因此當上貴族呢？」

「呵呵。你也只有現在能說這種話嘍。」

或是——

「成為終身貴族之後，負責監護你的自然是我們公爵家。接下來談親的人肯定多不勝數，但是關於你的提議絕對要全部拒絕。至於來商議鈴葉親事的人，基本上也都要拒絕。明白了嗎？」

「呃……？」

「我可以向你保證，我們公爵家會為你們找到對將來最好的結婚對象。然、然後……說不定會是個像我一樣粗魯的女人，真是如此的話就認命吧……！」

或是——

「這次的凱旋派對要穿什麼樣的衣服好呢？當然了，為了向大家強調我們公爵家是你的監護者，你的服裝和我的禮服必須統一設計才行。」

「請等一下。我只是個平民，所以派對光是之前那次就夠了。而且就算真的得去，也有先前特地為我製作的派對服裝吧！」

「你的謙遜確實是種美德，但是為了展現極為傑出的戰績，有需要準備新衣服……對了！我突然想到創新的設計，能展現我和你背靠背縱橫戰場的情景喔……！」

之類的。

最後甚至——

「——我就直接問了，你喜歡巨乳還是貧乳？」

「怎麼突然問這種問題啊！」

「這、這是很重要的問題！根據我在至今為止的軍旅生活當中，學到男人不是有巨乳派和貧乳派這兩個派別嗎？如你所見，我的胸部從小時候開始就過度發育，到了現在甚至比頭

還大。所以如果你是巨乳派的，那麼這對礙事的乳房成長到這種地步也算有所價值了，如果你是貧乳派的話……」

「的話……？」

「我在想是否應該在你成為貴族之時，乾脆將我的乳房澈底切除……！」

「哇、哇啊——！我最喜歡巨乳了！」

——就是這樣，最後一個例子雖然多少帶了點顏色，不過她基本上是用友善的態度和我聊著將來成為貴族之後要做什麼……這一類充滿妄想的話題。

即使我對談話的內容感到尷尬，但是楪小姐無疑是在大力誇讚我，而且我也不想壞了她的興致，所以就算表情有些僵硬，還是附和她的話。

然而——

回國後的隔天，在公爵家迎接我們的楪小姐心情看起來很差。

「楪、楪小姐，妳怎麼了嗎……？」

「還說什麼為什麼！啊啊——抱歉，這根本就不是你的錯。是我太不成熟了。」

「妳不用道歉，沒關係。」

「昨天實在太過生氣，甚至忍不住緊急召集公爵家的私人部隊，讓他們一直陪我訓練到深夜。哈哈……」

儘管楪小姐自嘲地開口，但是我覺得真正悲慘的應該是被緊急召集的私人部隊吧。想不到這裡的工作環境這麼嚴苛。

話雖如此，為了楪小姐的名譽我得補充一下，楪小姐為了釋放壓力進行特訓的狀況相當少見，在私人部隊之間意外地受歡迎，理由大概是「那是見識平時正經的大小姐真實一面的絕佳機會」、「由於全力運動自己的身體，能夠觀察胸部劇烈晃動的模樣」、「想被大小姐踩」。這些事暫且不提。

當我被楪小姐帶到公爵家家主的書齋後，似乎正在等我的公爵表情凝重開口：

「──現在的情況可能要歸功於你過度活躍的表現吧。我國將在近期發動戰爭。」

2

最近菜價變貴了。

隨著戰爭氛圍愈來愈濃厚，王都裡所有東西都漲價了。漲最多的是蔬菜，第二是魚。

我傷腦筋地抓了抓頭。這麼一來超出預算了。

「戰爭啊……」

這是我在櫻木公爵家預先得知消息數天後的事。

王室和軍方共同發表前所未有的大規模遠征計畫。

我國將對鄰國發動侵略戰爭。

順帶一提，這裡所說的鄰國並非派遣亞馬遜人和我們一同作戰的薩琳德亞曼帝國，而是位於西南方的威恩塔斯公國。

那個國家由於盛產糧食，累積了大量財富和軍力，被認為是大陸上最強大的國家。

當我回家準備比原先計畫差一點的晚餐時，鈴葉帶著楪小姐回來了。

「嗨，鈴葉的兄長，打擾了。」

「歡迎。楪小姐要不要一起吃晚飯呢？」

「那我就不客氣了。」

楪小姐的行蹤實在難以預測，所以最近購買晚餐的食材時都會買三個人的分量。

有一次沒能準備楪小姐的餐點，她便露出無比哀傷的表情，彷彿遭遇世界末日。

「對了，鈴葉的兄長，今天晚餐吃什麼呢？」

「一人一條秋刀魚還有油豆腐。」

「嗯，秋刀魚啊……那確實挺誘人沒錯……」

「哥哥，我們才剛做完運動，這樣的分量是否不太夠呢？」

「那就再加上豬肉味增湯吧。」

「「哇啊——」」

和鈴葉一同開心歡呼的櫟小姐，看起來實在不像高高在上的公爵千金。

＊

吃完晚飯並完成日常鍛鍊後，兩人在櫟小姐返回公爵府邸之前和我聊起今天發生的事。

這同樣也是慣例了。

「哥哥，學園裡的大家也都在談論戰爭的事。」

「鈴葉妳們該不會也得參加遠征吧？」

「我們不會去。我和櫟小姐預定留在學園裡，不過除了我們以外，大部分的學生都是遠征組。」

儘管王室宣稱這場戰爭的意義是「為了奪回祖先被搶走的土地而發動的聖戰」，實際上所有人都很清楚這是場純粹的侵略戰爭。

根據櫟小姐所言，歷來的侵略戰爭都是在保衛國土的名義下進行。

「哥哥，我離開一下。」

鈴葉去上廁所，現場只剩下我和楪小姐。

我決定趁這個機會找她談談我最近的煩惱。

「楪小姐。我有點事想和妳商量，麻煩妳對鈴葉保密。」

「只有我們知道的祕密商量嗎？你你你你想談什麼？儘管說！」

「謝謝妳。其實是鈴葉的生日快到了。」

每年鈴葉生日的時候，我們兄妹兩人都會舉辦一場小小的派對。我會在餐桌上擺滿鈴葉喜歡的食物，然後送禮物給她。

「直到去年為止，鈴葉只對變強有興趣，所以之前只要送她這方面的禮物就好了。像是全新的木刀或啞鈴之類的。」

「就哥哥送給妹妹的禮物來說，好像挺特別的……？」

「不過今年鈴葉已經考進王立最強女騎士學園，另外儘管她沒有和我聊過，但是至少有個在意的男性友人吧？雖然我這個哥哥說這種話好像有點怪，但是我覺得從客觀上來說，鈴葉的外貌非常可愛。」

「嗯，這是事實，鈴葉非常受歡迎。話雖如此，隔壁騎士學園的男生就算和鈴葉搭話，她也只覺得那些人不過是路邊的小石頭喔？她說過每天都會收到情書，但是從來沒有加以回覆……」

「她也許瞞著我偷偷交了男朋友。」

「我對神發誓保證沒有這回事。」

雖然不知為何楪小姐說得斬釘截鐵，不過這點暫且不管。

「所以今年想送妹妹普通一點的禮物，但是又不知道該送什麼才好。因此才會找楪小姐商量。」

「嗯。原來是這樣……」

楪小姐雙手抱胸煩惱了一會兒，莫名突然雙頰泛紅地說道：

「既、既然這樣，要不要兩個人一起去買禮物呢？」

「不用麻煩了。那太不好意思了。」

「不不不、不用覺得不好意思！我自己也想買禮物送給鈴葉——還有，這個絕對不是約會喔！」

在那之後，由於楪小姐熱情的推薦，於是我決定和她一起去買禮物。

話說回來，楪小姐居然那麼熱心，還願意陪我一起挑禮物，真是個好人呢。

3

週日我和楪小姐一起外出購物。

鈴葉好像突然有工作需要投宿女騎士學園處理，所以今晚不會回家。因此我們可以仔細挑選禮物，不必擔心被鈴葉發現。

「說到送女孩子的禮物，最常見的就是飾品了。」

楪小姐是這麼說的。於是我跟著她踏入王都當中的高級地段。

也就是所謂的貴族區。

既然交給楪小姐選擇店家，來到這種地方也是莫可奈何。

「成為騎士之後，沒有人知道自己會在什麼時候死去，所以送給她能穿戴在身上，即使上戰場也不必拿下來的東西會比較開心吧。」

「不過送飾品的話，會不會妨礙戰鬥啊？」

「選個不礙事的就行了。」

「這倒也是。」

楪小姐帶領我來到一間超級高級的飾品店。

從門外看起來只會覺得是間珠寶店，關於這點是個祕密。

「……感覺好貴……」

「沒什麼，等你實際挑選商品後，就會覺得沒有想像中那麼貴。不然我先借你，等到出人頭地再還也可以喔？」

「我有那筆臨時收入，所以應該沒問題。」

最近因為在大樹海殲滅巨魔，因此得到一筆獎金。

只不過是陪鈴葉和楪小姐去了一趟，既不是貴族也不是士兵的我也拿到了獎金。

一開始知道那件事時，我忍不住拒絕了。我有種收下之後會變得很麻煩的預感。

不過楪小姐卻用「要是你婉拒的話，情況會變得更加複雜。所以收下吧。」這種奇妙的理由勸說我，於是我便收下了。

因此我現在的財力足以讓我買稍微昂貴一點的禮物。

即使我穿著平民的裝扮踏入店裡，店員仍然面帶笑容招呼我。

沒有被當成可疑的平民，看樣子楪小姐已經事先知會店家了。

「那麼你先自己一個人選吧。」

「咦？」

「要是我打從一開始就提出建議，鈴葉的禮物就會變成是我選的了。你先挑選幾樣再跟說吧。」

楪小姐說完這句話，便以駕輕就熟的動作走向對面的展示櫃。看來她有想買的東西。

不過真是傷腦筋啊。

眼前的飾品一個一個安置在展示櫃裡，飾品旁邊沒有標示商品的說明和價錢。況且我根本不懂如何辨別飾品的好壞——

「這位客人，您今天想找什麼樣的飾品呢？」

啊，對喔。只要和店員商量就可以了。

向我搭話的是名看似老紳士的店員，我告訴他自己想買妹妹的生日禮物以及自己的預算之後，他以原來如此的態度點了點頭。

「既然這樣，髮夾如何呢？本店備有各個種類，裝飾寶石與珊瑚加工製成的都有。」

「這個嘛，做工精細比較容易壞不太適合。妹妹是王立最強女騎士學園的學生。」

「原來如此——那麼這種如何呢？」

店員先生邊說邊拿出一個飾品。那是乍看之下毫無特殊之處的橡膠髮圈。

橡膠是南方大陸才有的特產，因此光是因為這點，價格便高到平民難以購買。所以如果女性穿著橡膠鬆緊帶的內褲，就代表從某方面來說是個有錢人。

遺憾的是我家只是平民，所以鈴葉的內褲全都是普通的繫繩內褲。

「這個商品看似只是普通的髮圈，其實上頭附加了一次性的防禦魔法。」

「喔？」

「當穿戴者遭受致命傷時，可以替穿戴者抵擋一次傷害。在承受傷害之後，橡膠髮圈就會斷裂。」

「好厲害！」

「……不過這只是宣傳的噱頭，實際上只能緩和些微的傷害。」

「這樣啊……」

「因此實際上只是小有幫助。話雖如此，戴著也不會給人帶來任何困擾，因此貴族在戰鬥時，基本上都會攜帶附加這種魔法的物品當成護身符喔。」

「原來如此。」

「所以我認為如果是這個髮圈，令妹戴著上戰場應該不會有所妨礙。」

「我也這麼覺得。」

「另外，關於價格——」

要是拿平民的髮飾來比對，他告知的價格高到讓人有些訝異，但是如果是以一次性的魔法道具來考量，便會覺得沒有那麼貴。

加上在巨魔大樹海取得的獎金，我的預算可以毫無負擔地買下兩個。

想到這裡，我突然靈光一閃。

「請問店裡還有另一個同樣的髮圈嗎？」

「呵呵呵！莫非令妹是雙馬尾嗎？那同樣是我最愛的髮型。」

「不，不是的。」

「你不必隱瞞。請放心，本店還有一個一模一樣的髮圈。」

「就說不是了。」

「我早已猜想到會有這種情況，特意為了夥伴將最後一個商品藏起來……不過既然是為了令妹的雙馬尾，我願意拿出珍藏的商品！同時也會給你一點折扣！」

「還請聽我說話！」

儘管如此，如果他能給我打折，確實很令人感激。

於是我從這名對雙馬尾有著狂熱愛好的四、五十歲店員手中，買下兩個髮圈。

*

買完東西之後去找楪小姐，說我買到禮物了。

「已經買好了嗎？」

「嗯，找到不錯的東西就買下來了。」

「那就好……不過可以的話真想和你一起挑選禮物，也就是利用購物加深感情……」

「楪小姐？」

「沒、沒事！我什麼都沒說！所以你買了什麼？」

「我買了兩個髮圈。」

我把髮圈拿給楪小姐看，她點了點頭表示理解：

「這種的話能夠戴著上戰場，另外儘管效用不大，上頭確實附加了有用的防禦魔法。不過我從來沒有見過鈴葉綁雙馬尾的模樣呢……？」

「所以說妳誤會了。」

我將其中一個髮圈遞給楪小姐說道：

「這是送楪小姐的。是感謝妳平常關照我們的謝禮。」

「什、什什什麼——！」

「真的很謝謝妳平常幫了鈴葉還有我那麼多。」

「怎、怎麼會呢！我我我我才是一直受到你的幫助！而且你救了好幾次我的命，你的恩情這輩子不管怎麼報答都報答不完！」

「妳在說什麼啊。在戰場上互相幫助不是理所當然的嗎？」

「還、還有這個髮圈對你來說不便宜吧！怎麼可以輕易把這麼重要的東西給我這個欠你那麼多的人！況且我身上還有一個代代相傳的防禦石，那個髮圈應該自己留著──」

「啊，對喔。楪小姐當然擁有魔法效果比這種東西更強的的好東西。那麼下次再送妳別的東西當謝禮……」

「──說雖如此，我改變主意了。」

「咦？」

我想收回拿著髮圈的手，卻被楪小姐牢牢抓住。

「欸，既然你特地準備這個東西送給我，我們要不要乾脆交換護身符呢？」

「……什麼？」

「你把那個髮圈送我，我把防禦石送給你，彼此交換禮物──在戰場上真正認可彼此實力的戰友，互相交換隨身物品也是很常有的事。那麼我們也這麼做吧。」

於是楪小姐從乳溝拉出一條墜飾。

竟然是塊光彩奪目的特大翡翠。

「這就是我的防禦石，你就收下吧。然後把你的髮圈交給我──！」

「請等一下！這個交換價值也差太多了吧！」

「對於在戰場上彼此認可的雙方而言，物品的市場價值只不過是點小事………我、我才不是不想錯過能從你手中收下禮物的千載難逢的機會，才把傳家之寶防禦石強推給你喔！你、你不要誤會了！」

「我怎麼可能誤會成那樣！」

「還、還是說……你覺得我這個女人根本沒資格用防禦石和你交換……？」

「怎麼突然沮喪起來！啊啊～好啦，請收下！」

「謝、謝謝……！」

我將髮圈遞給楪小姐，她便用閃閃發光的眼神收下。

看起來非常高興，太好了。

至於我則是被迫收下巨大的翡翠，我在心中暗暗發誓，絕對要找個好時機還給櫻木公爵家的家主。

4（公爵的視點）

深夜造訪櫻木公爵家的橙子開口說的第一句話，就讓公爵真心感到震驚。

「……等一下。妳剛才說什麼？」

「我非常理解你聽到這種話會想感到質疑的心情喔，但這是事實。大老闆有動作了。應該說他直接來見我了！」

「我確認一下，妳說的大老闆是指那位『造王者』嗎……？」

「當然是啊！不然我都忙成這樣了，為什麼還要急急忙忙跑來這裡！」

——這個國家的所有商人，換句話說就是整個經濟界都在某位別稱「大老闆」之人的掌控之中。

他不喜歡出風頭，絕不會出現在公開場合，甚至很少做出讓人知道是他所做的行為。

因此幾乎沒有人知道他的存在。

然而有個僅有少數貴族才知道，毫無爭議的事實。

那就是只要大老闆一聲令下，各個大商人就會如同奴隸一般遵從他的指示。

大老闆的財力深不可測，甚至很可能遠遠凌駕於王室。

然後——

「這樣啊……造王者終於開始行動了嗎……」

「就是這麼回事吧。」

最近五十年，曾傳出三次大老闆有所動作的傳聞。

那些傳聞都發生在國家決定王位繼任者，或是爭奪王權引起紛爭的時期。

每一次大老闆選擇的陣營都會勝利，並且拿下王位。

因此大老闆也獲得「造王者」這個別名。

「……看來是贏了。」

儘管公爵選擇了公主的陣營，並且確信她終將取得勝利，但是大老闆的存在至今都讓他如鯁在喉。

大老闆從不曾公開露面，更不會發表聲明。

也就是說，外人無法確認大老闆選擇哪方陣營。

照理來說，以第一王子和第二王子的個性判斷，萬一他們其中一方獲得大老闆的支持，他們應該會立即大肆宣揚，然而既然目前沒有發生這種事，就可以推測大老闆在這場王位爭奪戰保持中立的立場。

然而推測終究只是推測。

公爵曾經多次嘗試與大老闆取得聯繫，但都以失敗告終。

「既然造王者去找妳了，那就表示他將會站在妳那邊。」

「……嗯——關於這點有點困惑……」

「怎麼了？」

公爵只是想確認一下情況是否如他所想，卻得到出乎預料的回答，因此皺起眉頭。

至於橙子也以複雜的表情說道：

「問題就在這裡。大老闆對我說：『我現在站在妳這邊，但不代表我是妳的友軍。』」

「……這是什麼意思？」

「我也問了！你猜那個老頭是怎麼回答的？他竟然對我說：『就因為妳是連這點小事也不懂的小鬼，之前才沒有選擇妳。』……欸，他到底是什麼意思？」

「……唔……」

公爵一面沉吟一面思考大老闆那番話。

完全無法理解這是什麼意思。

能夠確定的只有還不能完全將大老闆視為我方嗎？

「這麼說來，楪今天不在嗎？」

「那孩子在房間裡。」

「為什麼不帶她來書齋？」

「反正她今天完全派不上用場。」

「為什麼？」

「——她在白天和那個男人一起去購物了。回來之後就一直傻笑，已經連續幾個小時一臉珍惜地看著手上的便宜髮飾。」

「……難道是鈴葉兄送她禮物了？」

「除此之外想不到其他原因。護衛也是這麼報告的。」

「好、好羨慕。我也想要鈴葉兄送的禮物——啊啊啊！」

橙子突如其來的大喊讓公爵皺起眉頭。

即使書齋能隔絕裡外的聲音，但是橙子來訪畢竟是最高機密。

聲音在夜晚本來就容易傳播，所以不能因為書齋有隔音就隨意大聲說話。

「妳太吵了。到底是怎麼回事？」

「對不起。我在過來這裡的路上一直在煩惱——為什麼大老闆直到現在才選擇站在我這邊呢？」

「……嗯。」

橙子所說的話確實讓人心生疑惑。

萬事都是如此。不管是提供協助或澈底合作都是愈早愈好，愈快在大局尚未明確時表明立場，貢獻程度就愈大。

如果涉及到下任王位的紛爭，這一點便更加明顯。

像是大老闆那麼精明的人，如果推算出支持哪方最有利，那麼他肯定會以最快的速度表

達自己的立場。這樣才符合邏輯。

「欸，公爵，您想想看。我們最近得到的手牌，還有能夠視為改變我們未來的轉折點是什麼？」

「當然是那場在巨魔大樹海的討伐行動。」

「對，我也這麼認為。那次震驚整個大陸的大型討伐行動改變了時代的流向。那兩個笨王子也藉機提出不切實際的遠征計畫。所以我覺得，大老闆就是因為那場行動才選擇支持我們這邊。」

「是啊。」

「……但是如果這並非他的理由呢？」

「除此之外還有別的可能嗎？」

「例如他知道了鈴葉兄的存在，還有他強大的實力和影響力……之類的。」

「…………」

公爵的背部被自己的冷汗滲濕了。

巨魔大樹海討伐戰，到了現在已經成為震撼國內各大勢力的驚人話題。

魔物在大樹海深處組織一支足以屠殺整個大陸人類的魔物軍團。

然而那支軍團，卻被以人稱殺戮女戰神的楪為首的五名年輕人摧毀。

在鄰國當中特別孤傲的亞馬遜人與樑等人建立友好關係。

公爵很清楚。

——他知道這一連串事件的來龍去脈。

如果沒有某名青年，這一切都絕不可能發生——

「我在想啊，大老闆是否已經在某個地方和鈴葉兄接觸過了？」

「……我沒有收到這樣的報告。」

「消息沒出錯嗎？如果依照這個思路去想，一切都能說得通了不是嗎？」

「樑和護衛沒有提起相關的事。況且他們雖說是去購物，女兒似乎只有帶他去貴族區一間王室供應商的店鋪。除了樑以外，最多只有飾品店店員與那個男人有所接觸。」

「這樣啊。那麼就不是這樣——」

「確實不是吧。畢竟根據護衛的報告，他似乎只有請一名四、五十歲的店員幫忙挑選髮飾，同時聊了一下妹妹的髮型。」

公爵隨意說出的話語卻讓橙子渾身僵硬。

「——那就是了。」

「什麼？」

「我也很熟悉樑帶他去的那間店。畢竟王都裡只有那家飾品店會在商品上面附加高品質

的魔力。」

「那又怎麼樣？」

「所以我也知道，那家店只會雇用年輕的女性店員。因為店長堅持那是飾品店而不是魔道具店，不管背景多麼深厚的權貴想來當店員，只要是男性都會被拒之門外。」

「……妳應該沒記錯吧……？」

「當然沒有。因為這個原因，身為公主的我曾經介入調解貴族間的紛爭。」

在護衛的報告當中，四、五十歲的店員是個男性。

就連權貴都無法擔任店員，那麼當時以店員的身分接待客人的男人就是——

「這麼說來，那名店員就是大老闆——？」

「一定是他。大老闆是在接觸鈴葉兄之後得到答案，因此才會選擇站在我們這邊。不，不對——」

橙子搖了搖頭說道：

「依照大老闆的意思，感覺他不是站在我們這邊，而是成為鈴葉兄的夥伴……？」

「不管哪種說法都一樣。」

「現在是這樣沒錯。但是如果鈴葉兄選擇了某個笨蛋哥哥，那麼大老闆——」

「這是沒有意義的假設。」

公爵如此斷定。

沒錯，將現況和那個男人的個性納入考量，他依附某一位王子的可能性幾乎為零。

「問題是在那之後。」

「是嗎？」

「那當然。萬一那個男人想要王位——」

「到時候他想要王位就讓給他嘍？」

「……妳說什麼？」

「鈴葉兄應該是這個國家最強的人，而且後台還有大老闆和亞馬遜人，甚至還有鈴葉和櫟。如果由鈴葉兄來統治國家，肯定會推行良政，另外發生對外戰爭的話更是無敵。既然如此，我完全沒有理由繼續占據女王的位置。」

「確實是這樣沒錯……可是……」

由於貴族的價值觀，公爵絕對不會產生這種想法。橙子這番輕言放棄王位的話語聽得他目瞪口呆。

當然了，橙子剛才所說的話無疑是她的真心話。

但是橙子也沒有將心底的話全部說出來。

（想讓鈴葉兄成為國王的話，與自己結婚是最簡單、最穩妥的手段，所以這樣雖然會惹

哭喋……但這也是無可奈何吧？）

王室成員無法與平民結婚——這是這個國家的法律與傳統。

然而如果女王在結婚的那一刻放棄身分地位。

那麼禁止結婚的法律根本無法束縛她。

5

魚的價格大幅上漲，蔬菜的價格也居高不下。

根據國家發表的消息，我國在這場舉全國之力發動的大規模戰爭中，正在接二連三地拿下勝利。

我觀察了商人的模樣。笑容滿面的商人、滿面愁容的商人、祕密計劃連夜潛逃的商人——他們的態度比話語更能表明現況。

觀察過王都的情形之後，我得到一個結論。

今天的晚餐是天婦羅蕎麥麵。

在沉默地吃個不停的鈴葉身邊，坐著以理所當然的模樣品嘗蕎麥麵的喋小姐。我在開口之前，請她邊吃邊聽我說。

「我覺得這個國家很可能會在最近發生政變。」

「噗噗————！」

楪小姐嘴裡的蕎麥麵和麵湯就這麼噴了出來。

「楪小姐，來。請用這塊布擦一下吧。」

「謝、謝謝——呃！現在不是在意這種小事的時候！你為什麼會知道那件事！你是從哪裡聽說的？」

「什麼從哪裡聽說的？」

「那當然是我們櫻木公爵家主導，擁立公主登上王位的政變計畫！」

「……楪小姐？這是不打自招喔？」

鈴葉眯著眼睛望向楪小姐開口。我完全認同她的意見。

然而楪小姐卻以事到如今沒什麼好隱瞞的態度開口：

「我本來就打算在執行計畫前闡明一切請求你們協助，所以沒關係。反而是計畫在這個階段被外人得知問題比較大。所以告訴我，鈴葉的兄長是從哪裡聽說政變計畫的？」

「不，我不是聽說的。」

「……啥啊？」

榤小姐露出彷彿遭到捉弄的驚訝表情。

我決定照順序解釋我的思緒，好讓榤小姐理解這是怎麼回事。

「首先就我的認知，我國在這場戰爭完全沒有勝算。」

「你為什麼會這麼認為？」

「簡單來說是因為捨不得將兵力投入戰場。如果他們是真心想贏下戰爭，那麼至少要讓榤小姐上戰場才對吧？」

「不過要是由我擔任先鋒，打勝仗又會變成我的功勞了。這次戰爭的目的之一就是為了轉移世人的目光，讓他們不再關注我們在巨魔大樹海取得的豐碩戰績。所以才會由王室登上舞台，而由我們鎮守王都，這樣應該很合理吧。」

「在政治層面可能是很合理，但是在戰術層面卻是最糟糕的。」

「為什麼？」

「我借用公爵家的書齋調查了我國近年來的戰爭，發現只有榤小姐所在的戰場才能取得勝利。相對的，過去完全沒有兩位王子出征並獲勝的紀錄。」

「確實是這樣。」

「這幾年的戰爭都是由於榤小姐卓越的實力才得以維持平衡。要是沒有榤小姐的活躍，我國應該早已戰敗了。」

「是、是嗎？其實我也是這麼認為，不過這種話出自你的口中感覺特別害羞……」

椺小姐似乎真的很害羞，不但滿臉通紅，身體還不由自主地扭來扭去。

但是這並不是重點。

「所以我認為這次的戰爭，我國的軍隊應該早已打輸逃回國內了。可是傳回國內的消息卻是連戰連勝，甚至勢如破竹不斷前進。」

「嗯，老實說我也覺得很意外。」

「所以我仔細觀察王都裡的商人情況。來自不同地方做不同買賣的商人，他們的神情怎麼樣呢？各種物品的漲價幅度又是如何？商品缺貨、變更產地、進貨的頻率……我仔細觀察並綜合各種消息，可以得到一個確定的結論。」

「喔？那是什麼？」

我嚴肅地發表我的結論。

「我國的軍隊一直在打敗仗。這點絕不會有錯。」

這就是所謂的大本營戰報。

我國的高層隱瞞戰敗的事實，用偽造的好消息欺騙國民。

「喂！等一下！」

椺小姐看似有些慌張地插嘴說道：

「就算你說的是事實，我不可能不知道吧！我們公爵家也有自己的情報來源，而且平常就很注重收集情報！」

「那麼我問妳，楪小姐有沒有從真正見識戰場的人口中，聽取這場戰爭的情況？」

「……沒有。情報人員的直接匯報似乎有所延遲。通常是由待在前線的士兵販賣情報給我們家……」

「聽妳這麼一說，我更加確定了。」

我盯著楪小姐如此說道：

「請妳試著想一下。從我聽說的那兩位王子的個性來判斷，若是真的打了勝仗，兩派陣營應該會宣揚自己那邊的王子表現比對方活躍吧。同時還會大肆破壞對方的形象。」

「確實。畢竟那兩個王子的品行已經爛得無可救藥。」

「況且這場戰爭的一大目的，就是讓他們向所有人證明自己更適合成為下一任國王。但是國內完全沒有這方面的流言。」

「嗯……」

「兩位王子聯手擊潰敵軍——這種消息是很好聽，但是完全沒有聽聞關於戰況的具體描述。要是真的打勝仗，他們應該詳細描述戰況並且大力宣傳才對。」

「聽你這麼一說，這點確實令人懷疑……但是考慮到是由那兩個愚蠢王子領軍，所以他們是不是只憑藉氣勢進攻，因而沒有什麼值得宣傳的表現呢？」

「即使是這樣，我們也應該要聽到這方面的消息。但是在這場戰爭裡，完全沒有聽到任何詳細的訊息。」

說了這麼多我都口渴了。我想喝茶。

「也就是說，這場戰爭的勝敗打從一開始就無所謂，我們得知的消息全都是他們編寫的劇本。」

「……唔唔唔……」

如果不是這樣的話，就無法解釋這一切。

這就是為什麼情報管制能夠這麼順利的理由。

因為早在戰鬥的結果出來之前，甚至可能在安排遠征計畫之前，高層就已經開始謹慎地精心準備了，所以才能夠連身為公爵千金的櫟小姐也欺騙過去吧。

既然說到這裡，距離得出答案也只差臨門一腳。

「那麼這場騙局終究會在不久之後被人察覺，為什麼還要準備這些假情報呢？」

「只要過了一段時間，那些假情報就會失去價值。所以這些終究只是用來爭取時間——啊啊！我明白了！」

「是的。所以我猜想他們的目標很有可能是發動政變。」

一旦透過政變掌握政權，即使再怎麼一敗塗地，也能排除所有追究自己責任的人。

如果是遭受敵國侵略，當然是另外一回事。但是只要有人稱殺戮女戰神的榤小姐，再加上目前與亞馬遜人的同盟，敵國攻打過來的可能性很低——他們應該是這麼判斷的。

不曉得是哪個大貴族策劃的陰謀，但是他們在策劃時肯定是打從一開始就預設王子會慘敗。性格真差。

「所以我猜某位王子的陣營會發動政變，目標應該是如今身在王都的現任國王和王后，還有公主……那個，公主也要發動政變嗎？」

「唔……」

「如果妳希望我當作沒聽到，我會很樂意接受。」

「——不用了。事到如今你就聽我說吧。反正我本來就打算找個時間告訴你。」

接著我陷入尷尬的情況，被迫聽榤小姐說明公主為了成為下一任女王而策劃的政變，甚至詳細到每個步驟的細節都毫無遺漏。

我只是個平民，就算得知這種國家層級陰謀的核心內容，我也絲毫派不上用場啊。

就在當天晚餐談論這個話題的五天後。

第二王子派發動政變，囚禁了國王夫妻與公主。

6

王都實行戒嚴令，所有人都被限制外出。

即使如此還是祕密造訪我家的檪小姐的臉色已經超越慘白，簡直是面無血色。

「……真的很抱歉，你明明提醒過我，還陷入這種慘況。我也試圖阻止這場政變……」

「妳沒有必要向我道歉喔。」

儘管我預見王子派將會政變，但是像我這種平民完全無法推測他們會如何實行。

況且貴族的權力鬥爭，或是誰會成為下一任國王，基本上與平民毫無關係。

就算有個大笨蛋成為國王導致國家就此衰敗，甚至情況變得很不妙時，我依然可以選擇和鈴葉一起移居其他國家。

畢竟我和鈴葉出生長大的那個村莊，還有那裡的田地都已不復存在。

「那麼……你覺得接下來會怎麼樣？」

「什麼怎麼樣？」

「如今國王和王后還有公主都遭到囚禁。」

After my sister
enrolling in
Girl Knights'School,
I become a HERO.

眼神嚴肅的楪小姐想要的答案應該不是一時的安慰。

所以我也老實回應：

「公主應該會被殺吧。」

「——唔！」

「現任國王治理的這個國家，沒有差勁到足以引發民怨的地步，另外對外的名聲也很重要，所以國王夫妻應該會被囚禁到加冕儀式，之後可能會被終生監禁，或是遭到毒殺吧？可是他們沒有讓公主活下去的理由，畢竟她太危險了。」

「危險……」

「公主陣營之前也有策劃政變吧？如果被王子那邊的人得知，那麼理所當然會被肅清。即使他們不知道這件事，如果讓傳聞相當聰慧的公主活下來，計畫遭到暗中破壞的可能性也很高。另外我想為了讓支持公主的貴族死心，他們會乾脆地殺了公主一了百了。」

不過這終究是我這個平民的想法，沒辦法判斷有多少預測會應驗。

然而楪小姐聽到我這麼說，頓時陷入沉思。左思右想之後終於抬頭直直望著我。

「我想拜託你一件事。」

「請說。」

「我很清楚不應該請你幫忙這種事，所以這只是請求，你有權力拒絕。不過如果可以的話，我希望你不要拒絕。如果你答應的話，我願意為你做任何我辦得到的事，所以——」

棵小姐忐忑不安地吞了一口氣。

「你能不能和我一起——去救公主？」

「可以啊。」

「…………咦？」

我毫不遲疑地立刻回答，棵小姐卻驚訝地瞪大雙眼。

*

既然已經決定，那就不能浪費時間。

我拉著愣在原地的棵小姐上了馬車，往公爵家出發。路上好不容易恢復思考能力的棵小姐激動地問我：

「等、等一下！這樣不會太輕率嗎！」

「什麼太輕率？」

「你應該很清楚！不管怎麼想，在這種情況闖進王城拯救公主根本是自殺！」

「明知如此還是拜託我的人是棵小姐喔？」

「確、確實是我拜託你沒錯，可是！」

好吧。我能理解楪小姐想說什麼。

她的意思是照理來說提出這種等同於送死的請求，遭到拒絕也是理所當然的，不理解我為什麼會答應她。

「理由很簡單啊。」

面對她的疑惑，我的答案一點也不複雜。

「……唔？」

「夥伴遇到困難就該幫忙。僅此而已。」

「這、這……！」

「還是說我把楪小姐當作夥伴，其實只是我一廂情願的想法呢？如果真是這樣，真教人有些寂寞——」

「才沒有那回事！」

楪小姐用足以撼動公爵家馬車的音量大聲否定。

「你是我最好的夥伴，也是我唯一可以依靠的存在！即使是你，我也不允許你說出貶低自己的話！」

「咦？不是，再怎麼說也太誇張了——」

「一點也不會！你至今幫了我很多很多忙，然後就連現在也是，這麼乾脆就給我超出期望的答案……你到底要讓我對你著迷到什麼程度才滿意！這個大笨蛋！」

「好、好了，先不談這個。」

感覺無緣無故被罵了一頓，甚至好像聽到有點危險的發言，但是現在的我們沒有時間加以深究。

無論如何，樑小姐能恢復精神真是太好了。

畢竟我們接下來要前往非常危險的地方。

要是沒有打起精神，很有可能無法活著回來。

……好好調查情況，要是真的沒辦法解決再來思考該怎麼辦吧。

7

我們將公爵家密藏的王城平面圖、祕密通道，還有下水道的位置等資料全部牢記在腦中，推測國王或公主可能遭到囚禁的地點，並且估算敵人的兵力擬定救援計畫。

就在策劃作戰的過程中，我聽到一個意想不到的事實。

「——不不不，你也有見過公主啊？」

「咦？我在哪裡見過她？」

「這樣啊，我好像還沒跟你說過……你應該還記得吧，就是王立最強女騎士學園的理事長橙子。她是和我從小玩到大的摯友，也是這個國家的公主。」

「咦咦咦咦！」

「我一直在想什麼時候告訴你這個祕密就這麼忘了，沒想到事情會變成這樣……」

我完全不知道。

原來我在不知不覺間認識了這個國家的公主。

不過話雖如此，她應該記不住我這種普通的平民。但是——

「那麼就更應該想辦法救她了。」

「當然。很高興能聽到你這麼說。」

「我再也不想對認識的人見死不救了。」

「……你以前，那個——不，現在不是問這種事的時候。忘了吧。」

「……嗯……」

櫟小姐一邊盯著已經是國家機密的平面圖，一邊和她的父親，也就是公爵交換意見。

「怎麼樣？你覺得有辦法解決嗎？」

楪小姐用期待與不安交織的表情望向我，但是這次真的很難說。

現在的狀況顯然十分嚴峻。

畢竟對於敵人來說，要是有什麼萬一，放棄橙子小姐逃跑的可能性很大。他們甚至可以引爆王城製造混亂趁隙脫逃，然後擬定新的作戰計畫，這麼一來也不至於受到太大的傷害。所以直到救出橙子小姐之前，我們必須盡可能拖延敵人處置她的時間。

至於對於我們來說，在橙子小姐遭到殺害的瞬間就算輸了。

要是我們失去橙子小姐，屆時楪小姐恐怕一時之間無法承受，進而失去戰力，如果正在與我國交戰的敵國在此時攻入王都，這個國家很可能就此滅亡。

「你說得沒錯……如果只要攻占王城的話，光靠我們兩個人就能輕鬆取勝……」

聽到我的說明，楪小姐不甘心地點了點頭。

「嗯。比起當時在巨魔大樹海無止盡的戰鬥，這樣肯定容易多了。」

在討論途中，直接從女騎士學園過來的鈴葉也加入我們。

就我個人來說，不希望鈴葉參與這個救援計畫。畢竟這次實在太危險。但是——

「哥哥？你當然不會把我排除在計畫之外吧？」

「……身為妳的哥哥，我更希望妳能留在家裡喔？」

「為什麼？我比你想像中的更能幫得上忙喔？如果是對付普通士兵，我甚至能空手消滅

After my sister
enrolling in
Girl Knights'School,
I become a HERO.

一個師團給你看。」

「我們這次的目標是救出橙子小姐，所以不用那麼大鬧——不對，那樣才好吧？」

我決定了這場行動的方針。

我在腦中迅速擬定計畫，向楪小姐他們提議。

楪小姐聽著我講解的內容，臉上逐漸浮現恍然大悟的表情。

「原來如此。依照你的計畫，我們要分成救援隊和牽制隊兩隊行動嗎？但是……」

「沒錯。到時候我會沿著下水道游進王城拯救橙子小姐。然後請鈴葉和楪小姐在同一時間引發騷動牽制敵人。如果城外發生亂象，他們應該不至於立刻對橙子小姐動手。如果公爵家也能一起幫忙牽制就更好了。」

「我們會出手。」

「謝謝您，公爵大人。那就這樣——」

「等一下！」

楪小姐連忙說道：

「我也要和你一起去王城！」

「不行。」

「為什麼！」

「怎麼能讓公爵家的直系長女潛入下水道裡游泳。」

「哪有這樣的！」

說真的，其實我很希望櫟小姐一起加入救援隊。

但是我的立場絕對不能這麼說。

這也是理所當然的。哪有平民能對公爵千金說出「潛入下水道」這種話？

話雖如此，王室專門用來逃脫的祕密通道應該會受到嚴密警戒。因此如果想盡可能悄悄潛入王城而不被任何人察覺的話，我認為只有下水道這條路線。

——現在的重點在於只要櫟小姐主動提出要一起去，就不會有任何問題。

當然了，整個過程要先由我加以否決，最後拗不過她的熱情勉強答應。

我相信櫟小姐的為人，她肯定會自己提議。

所以接下來只要她再要求一次，我就打算用一副無可奈何的模樣答應讓她同行。

現在的情況正按照我腦中構想的劇本進行。

進展得如此順利，我在心中暗自竊喜。

順帶一提，鈴葉因為性格不適合的關係，沒辦法和我一起去。

她在昏暗的地方或是和我兩人單獨相處時，就會下意識找我說話，或是把身體靠著我，不曉得是因為寂寞還是害怕的緣故。

如果是普通的戰鬥還不會有太大的影響，但是對於潛入行動來說可是致命的缺點。

「不管下水道有多髒都無所謂！我想救出橙子，更重要的是我想保護你，讓你沒有後顧之憂！所以我也要和你一起去！」

「既──」

「這樣很難看喔，椺小姐。」

我才剛說出「既然妳都這麼說了──」的第一個字，不知為何我的妹妹鈴葉便出言挑釁。她是怎麼回事？

「妳還不明白嗎，椺小姐？哥哥的意思──其實是覺得我們礙手礙腳。」

「──什麼！」」

「怎麼連哥哥也這麼吃驚……？呵，我這個妹妹早就看穿哥哥心裡在想什麼了。」

什麼也沒看穿的鈴葉一臉得意地對椺小姐說道：

「哥哥的意思是這樣的：『潛入時妳能跟上我的速度嗎？被強敵包圍的時候妳能保證自己的安危嗎？妳──擁有足夠的實力，夠資格與我並肩作戰嗎？』」

「嗚、嗚嗚……聽妳這麼一說……」

「不是，我根本沒說──」

「哥哥的話中還有這些意思：『別讓我說得那麼清楚。憑鈴葉和椺的實力，最多只能參加牽制計畫。等妳們有了足夠當我夥伴的實力，再說想和我一起行動這種話吧。』」

「……我明白了。我想和鈴葉的兄長同行這種話，只不過是不自量力的愚昧發言吧。容我收回。」

「呃，請等一下——」

我連忙想解開這場誤會，卻被人拍了一下肩膀。

回頭望去，只見公爵淚流不止，眼睛直直地盯著我。

那個表情大概可以這麼形容。

彷彿一個父親望著一名為了自己愛女犧牲的年輕人時的表情。

「抱歉——別死了。」

公爵這句話毫不掩飾地流露不需要將女兒送入死地的放心。

在這個瞬間，我獨自潛入王城這件事就這麼定了。

8（橙子的視點）

自從橙子公主被囚禁在自己的房裡，已經過了半天。

「……我說啊。是不是差不多該鬆開我的手了？」

「當然不行。要是讓妳的手能動，就能用魔法了。」

監視著雙手綁在椅背後的橙子，這名老人正是長久以來擔任本國宰相的男人。

同時也是這次政變的實際主謀。

儘管明面上這場政變是由第二王子主導，但那個愚蠢王子根本不可能想出那麼縝密的政變計畫。因此橙子大意了。

完全沒想到這個存在感薄弱的男人，竟然周全地計劃極為細緻的政變流程加以執行。

「畢竟橙子殿下的魔法非常強大。要是幫妳鬆綁，老夫這種弱者便會輕易被妳轟飛到王城外頭呢。」

「嘖。」

橙子忿忿咋舌。

要是能夠使用魔法，早就能夠宰了他。

「——欸，宰相也是男人吧？你對我的身體沒興趣嗎？」

橙子身為公主，對於自己的女性魅力有著客觀的認知。

公主的地位。

令人驚豔的姣好面容。

以及宛如男人的性欲，或者說是妄想實現的完美身材。

——自己的軀體對於大部分的男人而言，擁有遠超過美食或寶物的價值。

橙子對自己的認知就是如此，而在多數的情況下，毫無疑問也是事實。

然而橙子從小就不停鑽研魔法，至今一直逃避將女人這個身分當成武器使用。

橙子的貞操觀念非常保守，明明身為王族卻對戀愛懷有潔癖和憧憬。對心儀對象以外的男人獻媚——她覺得這種行為非常噁心，完全辦不到這種事。

同樣擁有遠超過身邊女性的美貌和身材，卻對男女關係極度生疏的楪一直陪伴在身旁，可能也是造成這種觀念的原因。

然而這樣的橙子正在嘗試使用生平第一次色誘。

因為橙子面臨的險境讓她不得不做出這種事。

在這個瞬間，腦中冷靜的思緒也不斷敲響警鐘，警告自己不管何時被殺都不奇怪。

但是橙子的首次色誘以失敗告終。

「橙子殿下的身體確實極為誘人，但是老夫現在還是算了。」

「……你是什麼意思？」

宰相聽到橙子的問題，不知為何望著遠方出神。

「老夫自從橙子殿下出生時就已經是宰相。自然目睹了橙子殿下美麗成長，在這將近二十年的時間裡，老夫一直就近看著耀眼的才華開花結果的過程——然而在這段時間裡，老夫一直深深憎恨橙子殿下。」

「這、這是怎麼樣……？」

自己對於宰相沒來由的恨意完全沒印象，橙子不由得緊張地渾身緊繃。

然而宰相對於橙子視若無睹，只是以出神的模樣繼續說道：

「——這麼美麗又充滿才華的橙子殿下，為什麼身上沒有小雞雞呢……！」

「為什麼突然坦承你喜歡少年（正太控）啊！」

「順便告訴妳，一起協助這次政變的近衛師團長與教會的教皇大人，也與老夫持有相同的看法。」

「別用公主來熱烈談論這種話題！」

「與人坦承自己的性癖以及共享祕密，是用來鞏固關係的最棒武器。這可是基本的社交技巧喔？」

聽到他說得這麼認真，即使是橙子也只能無言以對。

勉強才能用好不容易擠出來的聲音開口。

「你、你們這些大笨蛋……！」

啊啊，可惡。橙子的腦中湧現強烈的悔意。

如果早知道會變成這樣，就不該無情對待那些滿腦子想和自己做愛的高階貴族（混帳東西），而是讓他們對自己抱持著期待，使他們成為盟友——！

「呵。以橙子殿下的個性絕對做不到那種事的。」

「不要在這種危急之時還看透別人在想什麼，然後用嘲笑的態度說出事實！」

就在橙子不知道第幾次對宰相發怒時。

遠處的房外似乎傳來吵鬧的聲音。

「……好了。儘管捨不得就此結束和橙子殿下的對話，看樣子離別的時候到了。」

「幹、幹嘛？哈哈——你難道是害怕楪他們來救我嗎？」

橙子以顯而易見的態度挑釁，不過他要是會因此亂了陣腳，那麼即使這個國家的貴族再腐敗，他也不可能在宰相的位置上待這麼多年。

「雖然不是老夫在自吹自擂，櫻木公爵家的公主騎士前來搶奪橙子殿下乃是預料之中的事。話雖如此，考量到現在的狀況，在戒嚴的情況強闖王城就與送死沒兩樣，但是她居然真的來救妳了，真是令人難以置信……」

「楪那個人啊！不管成功的可能性有多低，只要是為了自己打從心底信賴的人，就會盡己所能地努力！她就是這樣的女孩子！」

「真是魯莽。或者該說這就是年輕嗎？」

聽著宰相的喃喃自語，橙子想到一件教她心底發寒的事。

那是橙子早已隱隱察覺的某種可能性，但是深埋在內心深處，盡可能不去想的事情。

——或許楪是想為了夥伴而死。

楪獨自一人在戰場上打倒的敵人數量多到令人驚訝，而她一直這麼孤獨地贏下去，到了最後甚至被人稱為殺戮女戰神。自己這個摯友的心其實早已崩潰。

她是否想為了自己認可的夥伴，在自己認可的夥伴的注視下死在戰場呢——？

「罷了，反正不管怎麼掙扎都是徒勞無功。」

「如果來的人是楪，就算所有背叛的騎士一起聯手，也能逆轉劣勢戰勝他們！」

「就算櫻木公爵家的公主再怎麼厲害，頂多只能與他們同歸於盡吧。況且——」

宰相以自以為贏定了的得意目光盯著橙子。

「王室專用的祕密通道不只有士兵防守，還為了應對襲擊設置陷阱。」

「……唔！」

「她好歹是公爵之女，非常可能清楚只有王室才知曉的祕密通道。畢竟就連老夫也知道呢。因此當她從那裡攻進來時，陷阱就會在計算好的時間點發生大爆炸，連同守在那裡的士兵一起活埋喔。」

「唔……就為了楪一個人，這個安排會不會太誇張了……？」

「懷著那種輕視的想法反而遭到全滅的敵軍，加起來應該不只數千人吧？我們當然會因此謹慎行事。」

橙子緊咬自己的嘴唇。

依照宰相的說法，就算楪加上鈴葉還有鈴葉兄一起來救自己也沒有希望。

畢竟宰相不僅猜到他們會悄悄使用王室的祕密通道，還滿心期待著將楪活埋，光是為此甚至不惜炸毀王城。

不僅是自己，就連為了救自己而來的楪等人都陷入絕望的巨大危機。

「不過嘛，引爆王城應該會導致混亂，萬一橙子殿下趁機逃跑可就麻煩了。因此雖然遺憾，是時候請橙子殿下退場了。」

「住、住手，別──！」

「永別了，公主殿下。」

宰相從懷中取出一把大型戰鬥刀──朝著橙子胸前刺下。

「──嗯！」

倘若是普通人，這絕對是致命的一擊。

然而橙子的體內有極高濃度的循環魔力，因此沒有立即死亡。

話雖如此，也只不過是稍稍延緩死去的時間。

「這樣都沒死嗎？真不愧是公主——」

「橙子小姐——！」

房間的門扉彷彿爆炸一般飛散。

隨即映在胸口中了一刀的橙子眼中——

是全身濕透，見到自己之後露出恐怖表情狂奔而來的鈴葉兄。

「什——」

宰相保持把刀刺進橙子胸口的姿勢，正想轉頭確認狀況。

但是轉頭的動作還做不到一半，就被衝上前來的鈴葉兄狠狠揍了一拳。

於是身體就像發生了大爆炸，就此煙消雲散。

鈴葉兄似乎對宰相的下場不感興趣，只是緊緊抱住橙子，一次又一次呼喚她的名字。

「橙子小姐！橙子小姐！」

「……呵呵，鈴葉兄真是……太強了……要是打中之後飛走還能理解……竟然整個人因為衝擊而消失，太厲害了……咳咳……」

見到橙子口吐鮮血，鈴葉的兄長叫道：

「橙子小姐，別說話了！」

「……抱歉，鈴葉兄……你特地拚命來救我……抱歉我沒能再爭取一點時間……」

「橙子小姐不會有事的！所以別說這種話！」

鈴葉的兄長拚命將魔力灌注到橙子的胸口。

他施展的正是當時拯救胸口遭到貫穿的楪的魔法。

但是橙子心想，這個魔法再厲害應該也救不了自己吧。

畢竟自己遇刺的地方是心臟。

「……再這樣下去會死……要是我有重生的機會……我下次……也想……成為鈴葉兄的妹妹呢……」

「橙子小姐不會死的！所以不要說話了！」

意識已經變得模糊。

儘管自己的人生很無趣，但卻認識楪這個摯友，最近還遇到了鈴葉兄他們，使得生命中最後一段時光充滿光彩。

因此橙子決定笑著迎接生命落幕。

（欸，鈴葉兄。最後吻我一下吧。）

橙子本來想說這句話，但是已經說不出話來，只能發出微弱的呼吸聲。

然而——

「啊啊真是的，就叫妳別說話了！」

如此說道的鈴葉兄粗魯地吻上她的雙唇，透過親吻將龐大的魔力灌注到她的體內。這麼一來——

橙子澈底感到放心，意識跌落黑暗之中——

6章

新女王的誕生

1

不太記得那天發生的事。

準確來說是不記得闖入王城之後發生了什麼事。

畢竟類似公主房間的那種房間在王城裡到處都是，我幾乎找遍所有地方，直到最後終於感受到強烈的魔力，不顧一切往那個方向跑去。只記得當時等我回過神來，瀕死的橙子小姐躺在我的懷裡，我正在使盡全力幫她治療。

然後還記得當時的我剛離開下水道，所以是以又濕又髒的模樣抱著橙子小姐幫她治療。

也記得橙子小姐快死了還在說個不停，為了讓她安靜下來，用吻堵住她的嘴——

「……哥哥這不是記得一清二楚嗎？你是故意的嗎？」

「不不不不是的！那個時候情況真的很緊急，我也沒別的辦法啊！所以我那麼做一定沒有錯！」

王城裡面的大聖堂。

這裡原本只有王族和教會最高權力者才能進入，是個神聖的地方，但是我被鈴葉和櫟小姐莫名帶來這裡。

我的所作所為應該已經傳開來了。

聽說沉睡的橙子小姐已在三天前醒來。

那麼原因就是那個吧。

我會因為侮辱公主的行為被判死刑嗎？嗚嗚。

「肯定會馬上開庭審判。而且軍事法庭甚至還不能請律師——」

「……我說你啊。我現在很累，能不能別再說些莫名其妙的傻話了？」

我都快被處刑了，櫟小姐還對我這麼冷酷。好過分。

不過話雖如此，櫟小姐現在身心俱疲也是事實。

畢竟自從政變以失敗告終那天起，王都掀起一場大規模的肅清風暴。

「……話說櫟小姐到目前為止大概已經肅清了多少人？」

「不下千人。我已經把這個國家大約八成的貴族送進地獄業火裡。」

「哎呀，好可怕喔。」

「你的語氣變得很奇怪喔……？」

因為我現在就是慌亂到這種程度。沒錯。

「還有雖然這是藉口，但是那個時候——」

「噓。要開始了——」

正當我打算進行最後的辯解時，隨著莊嚴的鐘聲響起，遭到楪小姐的制止。

門扉敞開，一名穿著純白禮服的少女靜靜地緩步走進來。

看在我的眼裡，這個模樣有如正要參加婚禮的新娘。

這身打扮與我記憶中穿著漆黑長袍的形象完全不同。

即便如此，我也不會認錯人。

美得令人難以置信的容貌，給人比鈴葉和楪小姐更加嫻靜的印象。

胸部則是與略顯稚嫩的長相相反，發育得相當驚人。

更重要的是靈動的魔力和優雅洗鍊的舉止，更加強烈彰顯高貴的出身。

橙子小姐穿著看起來像是婚紗的禮服，慢慢走到我們面前停下。

「——再次感謝你們救了我，真的很謝謝你們。」

「不，反倒是我該向您致歉，之前的我太失禮了。話說回來，看到您平安無事真是再好也不過，橙子大人……不對，公主殿下。」

「不行喔，鈴葉兄。」

「什麼？」

「被救命恩人鈴葉兄用那麼疏遠的方式稱呼自己，真是令人難過呢。這樣聽起來感覺像是你因為公主的身分才救我，而不是因為我是你的摯友耶？」

「不不不，當然不是那樣！」

「那麼以後繼續叫我橙子就好。禁止稱呼我為殿下或大人喔。絕對不行喔？」

「咦？可是這樣——」

「絕對喔？」

「……好的，橙子小姐。」

「好吧，鈴葉兄的個性就是這樣，沒辦法突然直呼我的名字吧？真拿你沒辦法。」

我再怎麼樣都不可能違抗王族，只能低下頭。

橙子小姐見到我理解她的意思，露出滿意的笑容說道：

「那麼鈴葉兄，你應該知道我今天為什麼會找你過來這裡吧？」

「當然知道。接下來應該會馬上舉辦軍事法庭，以侮辱公主的罪名判我死刑——」

「你在說什麼啊！是加冕儀式！加冕儀式！」

「……啥……？」

我不禁對公主說出傻氣十足的回應。

因為她的答案就是這麼令人難以置信。

至少對我來說是這樣。

「那麼我從頭開始說明。總之現在這個國家的兩個王子因為發動政變而被清算，前國王也因為遭受牽連而退位。所以現在的王室只有我一個人能繼承王位。」

「奇怪，發動政變的不是第二王子嗎？為什麼連第一王子也有罪？」

「這個嘛，因為那兩個笨哥哥都有策劃政變，只不過先動手的是第二王子的勢力而已。愈是調查第一王子，挖出的黑幕就愈多。」

「哇啊。」

話說回來橙子小姐自己也有策劃政變，也就是說這幾個王室兄妹全都各自計劃發動政變，從結果來看真是駭人聽聞。

應該說真不愧是兄妹嗎？

還是說父母的教育很有問題？

「……鈴葉兄剛才說了什麼？」

「我、我什麼都沒說！話說橙子小姐這身禮服真漂亮，感覺就像婚紗一樣呢！」

我成功華麗地轉移話題，橙子小姐不再繼續追問，「欸嘿嘿～」害羞地笑了出來。

「我國將加冕儀式視為即將成為國王之人和國家結婚的儀式，所以才會打扮成這樣。當然我真正的結婚——」

「咳。」

「欸，橙子，要聊可以等一下再聊，現在得先進行加冕儀式吧？」

「嘖。」

不知為何鈴葉清了一下喉嚨，好像故意要打斷她的話，楪小姐也指明她偏離話題，使得橙子小姐輕聲咋舌。

「……算了。那麼開始加冕儀式！」

加冕儀式肅然進行。

楪小姐高聲朗誦讚譽下任女王橙子小姐的賀詞。

這似乎本來是教皇的職責，但是他因為身為這次政變的主謀之一而送上了處刑台，因此這場儀式便由公爵家的直系長女，同時擁有高階巫女身分（！）的楪小姐代為主持。

接下來是橙子小姐的宣示。

隨後橙子小姐便對國民視為王國守護神的女神像獻上誓約之吻。

雖然隨便說出口會被殺，但那絕對是與歷代國王的間接接吻。

然後終於來到加冕儀式的重頭戲，也就是戴上王冠。

碟小姐暫時往後退，手上拿著華美得幾乎令人無法直視的冠冕，正在散發光彩。

「來吧。由你來幫橙子戴冠。」

「咦——！我嗎？」

「沒錯。如果是正常的情況，我國在加冕儀式負責戴冠的人通常是前國王、教皇、繼承者的父親，如果已經結婚的話就是配偶——」

「我還沒結婚，教皇又是那樣，至於身為前國王的父親要為兒子發動政變負責，現在隱居起來了。所以我們認為這個環節應該由造就我這個下任女王的最大功臣——鈴葉兄來幫我戴上。」

「不不不，我只是平民喔！哪有那種資格！」

「這與出身無關——你在我即將遇害時趕到我身邊，拯救了瀕死的我。而且你當時為了救我還不惜賭上性命潛入下水道，逆流而上來到戒備森嚴的王城喔？」

「過程是這樣沒錯啦——」

「要是連付出這麼多的鈴葉兄都沒有資格，那麼這個世界上又有誰有資格呢？所以——我希望由你親手替我戴上這個冠冕。」

逼近的橙子小姐讓我不知所措，我望著碟小姐和鈴葉希望她們幫我說幾句話——

「橙子說得沒錯。不過不受身為救國勇者的你祝福的新女王，想必成不了什麼大器，既然如此由我幫她戴冠也行喔？當然由我來當女王的話，你得負起幫我戴上冠冕的責任，於公於私一輩子陪伴在我身邊盡力輔佐我……」

「要不然哥哥乾脆自己戴吧？要是你成為第一個平民出身的國王，一定會十分受到國民敬愛。不過要是你當上國王，王妃還是貴族的話，對於你這個平民出身的國王懷有期待的大家可能都會很失望，所以妻子要選像我一樣的平民，才會顯得比較明智喔……」

「所謂的派不上用場就是在說妳們！」

氣勢驚人的三人靠了過來。

她們全都散發不得了的魄力，感覺非得從三個人當中選一個。

而且其中有兩個選項肯定會出大事。

既然如此我也沒有選擇的餘地，只能選擇剩下的一個。

「橙子小姐。」

「……嗯……」

我從楪小姐手中接過冠冕，戴在橙子小姐頭上。

橙子小姐於是露出泫然欲泣的微笑。

2（楪的視點）

奢華的貴族府邸大廳裡，堆滿了大約百名衛兵的屍體。

這一切僅出自一名少女之手。

「唔嗯。這樣便告一段落了嗎……？」

一邊確認周圍情況一邊自言自語的人，正是導致這個情況的罪魁禍首——櫻木公爵家的直系長女，楪。

她更是自幼便上戰場，以殺戮女戰神的稱號轟動整個大陸的少女。

然而這個稱呼對於現在的楪而言，僅僅只是難受的回憶。

因為她深切體會過去的自己是多麼無知的井底之蛙。

（我能夠活到現在，只是因為過去的敵人全都很弱小。）

（以前遇上的敵人就算沒有強到鈴葉的兄長那種程度，只要實力和現在的鈴葉或是我差不多，我應該早就像隻小蟲子一樣被殺了吧。）

（沒錯，就和這些人一樣——）

此刻的府邸遭到王國騎士團層層圍住，並且設下連一隻蟲都飛不出去的密實包圍網。

楪依據新女王的敕令前來執行肅清任務，隻身一人闖入與橙子敵對的貴族府邸。

等著她到來的是大約百人的衛兵。

他們好歹是高階貴族豢養的士兵，而且為了原先預期的內亂已經做好萬全的準備，理應不是弱者。

但是這支百人部隊在楪面前卻像嬰兒一樣毫無抵抗能力，遭到輕易擊潰。

而且在對上這批全副武裝的衛兵時，楪甚至是赤手空拳。

不僅如此，楪連鎧甲也沒穿，全身上下只有一件內褲。

原因則是楪在一次次的肅清任務中，浮現了這種想法。

（機會難得，乾脆順便演練一下全裸的時候——像是洗澡時，或是我和鈴葉的兄長在做色色的事時遭到襲擊要怎麼應對好了。）

一開始並不是這樣的。

當時她還會很正常地和騎士隊一起進攻，但是一連上演好幾場輾壓式的肅清秀之後，就變成由楪獨自一人殺進去，接著依然毫髮無傷不斷連勝，身上的裝備也變得愈來愈簡單。上一次的行動至少還穿著襯衫，手裡也拿著一把小刀，到了這次的任務終於只剩一件內褲。

看在旁人眼裡，楪這種行為只能說是瞧不起對手，但是她對此有自己的說法。

（我的胸部很大，所以有必要在某種程度習慣沒穿胸罩時遭到襲擊的肢體動作。）

顯而易見，楪的乳房比成熟的哈密瓜更加碩大。

乳房的存在會在戰鬥時造成不利的影響，這點同樣也是顯而易見。胸部愈是豐滿，這個缺點就愈是顯著。

因為在戰鬥時，胸前的兩塊肉就會彷彿遭到拉扯一般猛烈晃動。

平時雖然會用內衣緊緊固定，但是無從得知何時會在沒有胸罩的情況遭受襲擊。

所以楪一直很想要在沒有胸罩的情況進行實戰訓練。

（可是再怎麼樣也沒辦法在鈴葉的兄長面前不穿胸罩，讓胸部晃來晃去。因為這樣實在太、太不檢點了……！）

如果對手是肅清目標的話，就用不著顧慮這點。

他們的存在就如路邊的小石頭一樣毫無價值，況且還是即將遭到自己肅清的男性，這些原因都會大幅減輕楪感受到的羞恥。

那些被迫成為訓練對象的衛兵只能說是運氣不好。

「……不過自從請鈴葉的兄長協助訓練之後，我居然在不知不覺間變得這麼厲害，實在太令人驚訝了……先前的對手只有鈴葉兄妹還有巨魔，完全沒和普通士兵戰鬥，所以不清楚自己成長到什麼地步……」

只穿著一件內褲的楪站在大廳中央仔細思考。自己加上鈴葉兄妹的話，該不會能夠輕易統一世界吧？

「去死！這個臭婊子！火球！」

「唔！」

一名倒在楪的背後裝死的衛兵，從極近距離使盡最後的力量釋放魔法。

沒料到這種狀況的楪根本來不及回頭。

衛兵全力發射的火球命中赤裸裸的背——然後就此消散。

楪的肌膚不僅沒有燒傷，甚至沒有因此變紅。

「……咦？」

「為、為什麼！為什麼魔法沒有用！」

楪徹底無視瘋狂的衛兵，訝異地睜大雙眼，隨即露出笑容彷彿理解了什麼。

「這樣啊。原來是鈴葉的兄長保護了我的背嗎——」

「啥？」

「……這都要歸功鈴葉的兄長，他不僅費心指導我們，還在訓練結束後認真替我們進行全身按摩，其中當然也包括背部……就在反覆鍛鍊和按摩的過程中，我的身體不知不覺……鍛鍊到普通魔法無法造成任何傷害的程度了……」

「妳、妳到底在說什麼！怎麼可能會有這種事！」

「話說鈴葉的兄長也太狡猾了……居然連我獨自戰鬥時也保護著我，讓我沒有後顧之憂，就算你是能讓我放心託付性命的夥伴，也該有個限度吧……呵呵，為了成為與你相稱的夥伴，我到底得回報多少恩情呢？光是想想就令人醉心——不對，是令人煩心……」

「有、有破綻！」

衛兵見到楪完全沉浸在自己的世界，於是舉劍朝她發動突襲。

然而——

「煩死了。」

似乎感到很不耐煩的楪，興致缺缺地給了他一記踵落。

那名衛兵完全無法抵禦楪的腳跟，整個人連同全身鎧甲一起被砸爛，身體和裝備化為地面的一部分。

處決了妨礙自己幸福幻想的蠢蛋一秒鐘後，關於衛兵的事便從楪的腦中徹底消失。

無論展現出多麼驚人的戰鬥能力，楪也絕對不會自得意滿。

因為所謂的實力差距是相對的。

「——如果我是鈴葉的兄長的敵人，應該會比這些衛兵更輕易地被殺死吧——」

這樣不行——楪再次在心中發誓要持續進步。

即使要與整個國家為敵，自己也絕對不會和救命恩人的夥伴成為敵人。
不過楪還是希望變得夠強，最終得以自豪地表示自己是他的夥伴——

3

最近一直很沉靜的王都市區因為新女王誕生的消息，瞬間變得有如節慶一般熱鬧。
可能是先前政變時實行的戒嚴令太過壓抑了吧。
楪小姐曾經說過為了澈底解決敵對的貴族，政變結束之後特意讓戒嚴令延續了一段時間才解除。
相較於王子們，平民對於公主橙子小姐的印象比較薄弱，但是隨著接連自戰場返回的士兵說出戰場的實情，眾人對於橙子小姐的評價相對地急速上升。
換句話說，就是兩名王子的名聲跌落谷底。
原本接連不斷的大勝消息陸續遭到揭穿全是捏造，實際上是一連串的敗北，王室成員的名聲會有如此變化也很正常。
然後隨著新女王即位的消息，橙子小姐同時揭示戰爭和政變的真相，並且公開聲明楪小姐已經迅速將諸多主謀處以死刑後，橙子小姐的名聲在國民之間猛烈增長，全國瘋狂地掀起讚揚女王的熱潮。

其中有一大部分的原因，很可能是因為楪小姐這個國家的武力象徵、精神領袖親自出手的關係。

像我們這種普通平民經常將自己與英雄混在一起。

所以身為國民英雄的楪小姐肅清叛黨會引發平民的錯覺，彷彿是自己對那些人揮下正義的鐵鎚一樣。

當然了，也只有讓楪小姐繼續維持國民英雄的地位才能造成這種情況——

我告訴鈴葉還有橙子小姐這種情況後，輾轉傳到當事人的耳中。

楪小姐聞言面露苦笑：

「好吧，名聲方面確實好不容易比了過去……但是能持續多久便不得而知。」

聽說她一邊開口還一邊聳肩。

雖然不曉得與誰比較，但是楪小姐對自己的評價低得令人意外，讓我感到很驚訝。

不過有句話是最不理解自己的人是自己，或許就是這麼回事吧。

「我覺得只有哥哥沒資格說那句話……」

「嗯？鈴葉剛才有說什麼嗎？」

「沒有，我什麼也沒說——你看，哥哥。月色真美呢。」

*

自從新女王登基的消息傳遍各地以後，王都的街上一直都很熱鬧。我上街買東西時遇見一名似曾相識的老紳士。

「咦？你是……」

「好久不見。自從上次見面後，令妹的雙馬尾還好嗎？」

「啊啊！」

我想起來了。

他是之前和櫟小姐一起去的那間飾品店的店員先生。

他非常讚揚雙馬尾，所以我對他印象深刻。

「我不太清楚如何判斷雙馬尾的狀態，不過妹妹很有精神。」

「那真是太好了。」

「多謝關心。」

在老紳士店員的邀請下，我們一起眺望街景閒聊了起來。

我們的話題自然而然是成為新女王的橙子小姐。

這是現在這個國家每個人都會提到的熱門話題。

「——橙子公主成為新女王之後的手腕似乎還不錯。」

「是啊。」

「然而她在走到這一步的路上，似乎也遭遇了危險的場面。」

「好像是。」

「似乎在千鈞一髮之際獲救……好像是被某位身手高強的騎士伸出援手吧？酒吧裡不斷創作新的英雄故事喔。」

「啊、啊哈哈哈……是這樣嗎……？」

我不可能說救了橙子小姐的人其實不是什麼英雄，更不是什麼厲害的騎士，而是身為一介平民的我。

我發出僵硬的笑聲，決定全力忽視他說的話。

「總、總之能夠恢復和平真是太好了。」

「就是說啊——我的孫女也好不容易保住性命。」

「那真是太好了。你的孫女是士兵嗎？」

「是個不成器的魔法師。雖然並非親孫女，不過就如同愈不成器的孩子愈是令人疼愛一

般，我一直遠遠地守護她——最近認識了不錯的男人，似乎終於變得像樣一點。」

「喔——」

我在很久以後才知道那名被他視為孫女的魔法師就是橙子小姐，但是此刻的我根本無從知曉。

當時我在心裡想著是否應該說點什麼附和他。

也能算是惡作劇吧。

反正就算我說幫助橙子小姐的人是我，他也不可能當真。

也可以說是想裝出開玩笑的樣子，吹噓一下只有我能辦到的事。

「我只跟你說喔——其實我也有出力協助解決政變喔。」

「喔喔？」

「我是說真的喔？不過沒辦法證明就是了。」

「不不，我當然相信你。呵呵呵。」

店員先生的模樣像是聽到什麼有趣的笑話，接著把手伸進口袋。

「既然這樣，我也得送個禮物感謝你救了孫女吧？」

他一邊開口，一邊把散發彩色光輝的髮圈交到我的手中。

「……你該不會要我用這個綁雙髮尾吧……？」

「你誤會了。我才沒有興趣看男人綁雙馬尾，更何況這個髮圈只有一個。這個可以當成護身符。」

「難道上面有附加防禦魔法嗎？我不能收這麼昂貴的東西——」

「這個沒有防禦魔法喔。但是有其他的魔法。」

「什麼樣的魔法？」

聽到我的問題，店員先生瞇起眼睛。

「——將來你遇到困難的時候，只要把這個彩色髮圈交給這個國家任何一名商人，請對方幫忙即可。」

「然後呢？」

「國內的所有商人會傾盡全力完成你僅只一次的心願。」

「那還真是厲害呢。」

「是啊。不過他們當然無法做到辦不到的事喔？頂多只能讓全體國民都綁雙馬尾，請你要求這種程度的事就好。」

「原來如此。我明白了。」

聽別人吹牛時，最麻煩的就是無法判斷有幾分是真實。

正因為他說得如此誇張，我打從一開始就很清楚他在說謊，所以我也得以坦然地回應內

心的想法。

「那我就心懷感激地收下了。缺錢的時候會拿出來用的。」

「請務必這麼做。如果是錢的話……應該能馬上湊齊足以買下這個國家的金幣吧。」

「那真是收到好東西了。」

之後又和店員先生聊了一會兒，接著與他道別。

我收到的髮圈不曉得是用什麼素材做的，也不知道上頭有什麼魔法，只見它在陽光底下閃耀不曾見過的美麗彩虹色。

我心想把這個東西當作鈴葉明年的生日禮物似乎也不錯。

——知道那個彩色髮圈真的有店員先生說的那種效果，並且為此驚訝得目瞪口呆，已經是很久以後的事。

4

我不清楚其他國家的情形，但是聽說加冕儀式和登基典禮之間的關係，在這個國家裡就像婚禮和婚宴一樣。

我雖然問過：「既然加冕時已經即位了，為什麼還要舉辦登基典禮呢？」卻被楪小姐告誡不可以吐槽這種事。看來這就是所謂的約定俗成。

簡單來說，王位繼任者成為國王的儀式是加冕儀式，而將此事公諸於世的儀式則是登基典禮。

因此登基典禮當天全國放假，王宮將會舉行盛大的派對，普通百姓也將得到國家免費提供的酒，大家可以整夜慶祝新王登基。

「你當然也會參加登基典禮吧？典禮之後自然也會舉辦王宮舞會喔？」

「我當然不會參加啊？」

「為什麼！」

「因為我是平民嘛。」

雖然不知為何楪小姐邀請我一起參加登基典禮，但是我當然拒絕了。

與其參加什麼登基典禮還是宮中晚宴，免費的餐點更加讓我開心。

高高在上的（大人物）貴族根本沒辦法理解這點。

＊

登基典禮當天下午，我一直在壽司店前面徘徊。

「唔唔，好貴……但是這麼值得慶祝的日子一輩子只有一次……可是好貴啊……」

說到適合喜慶時享用的食物，我們國家的首選無疑是壽司。

壽司真的超好吃的。可是超貴，真的很貴。

一不小心一餐的花費就比我和鈴葉整個月的餐費還多。

但是我現在手頭很寬裕。

原因是我前幾天從王室那裡收到一大筆錢，作為救助橙子小姐的謝禮。

我個人認為自己其實慢了一步，害得橙子小姐差點死掉，還在渾身汗水的狀態緊緊抱住她，另外雖說是為了治療，甚至親吻了她。我還以為會被問罪並判處死刑。

但是王室不僅沒有追究我的罪行，反而很有度量地給我謝禮，實在令我感激不盡。

——所以我們家也應該用壽司這種好東西，祝賀橙子小姐即位女王吧？

我懷著這個想法，來到王都貴族區和平民區交界處的壽司店。

但是因為價格太過嚇人，導致遲遲不敢踏入店中，最終只是在店門前徘徊。

我已經晃了差不多一個小時。

「嗚嗚，再這樣下去也只是沒完沒了。可是已經告訴鈴葉今天吃壽司……不管了！那就這樣吧！」

「——說什麼那就這樣啊？你到底在做什麼？」

轉頭見到傻眼的楪小姐。感覺好丟臉。

「啊，這是……」

「我聽鈴葉說過情況了，所以可以想像得出來。反正依照你的性格，肯定是想去買壽司結果被價格嚇到，一直猶豫不決吧？」

「……妳說對了，沒錯……」

「真是受不了你。話說回來，我帶了一個好消息給你。」

「什麼？」

「有個地方為了慶祝女王即位提供免費壽司，僅限今天而已。想不想去啊？」

「咦咦咦！可、可是怎麼會有那麼好的事！竟然提供免費壽司！他們一定是用快要壞掉的食材——」

「由一流的師傅使用新鮮食材，在大家眼前現點現做。而且還可以吃到飽。」

「唔！」

「雖然平常去不起那種地方，還是有所門路。鈴葉當然也會去，請你一定——」

「請務必讓我一起去！」

「……咦？你想去嗎？這倒是省了我的麻煩……」

「當然要去！那可是壽司吃到飽喔！呀呼！」

「……是、是啊，那當然沒有問題……想不到這麼容易就上鉤……」

雖然不清楚楪小姐說的「容易上鉤」指的是什麼，但是高級壽司吃到飽的機會近在眼前，那種小事根本就不重要。因為那可是壽司。

——然而就在不久之後，我便產生了想把當時的我痛打一頓的想法——

5

搭乘櫻木公爵家的馬車搖搖晃晃一會兒，我們抵達的地方是王城。

「我被楪小姐騙了！」

「說得真難聽，我可沒有騙你喔？王都最高級的壽司師傅都會來到登基舞會的會場，這可是橙子特別安排的。」

「平民不能進王城！這是常識！」

「被你說沒常識實在出乎我的預料……算了。那麼告訴你，只要獲得特別允許，就算是平民也能進入王城。這就是門路。」

「咦？」

「一般狀況應該不允許這麼做，如果是你的話完全沒問題。我一開始就告訴過你吧？沒有門路進不去。反過來說，只要有門路無論是誰都能進去。」

「公、公爵家的權力好厲害……！」

「不過這次厲害的不是我們公爵家，而是你這個人。畢竟你可是新女王的救命恩人，也是催生新女王的大功臣喔？」

「那是你們誤會了。」

「就算退讓百步，不……退讓百億步說是誤會，活下來的貴族們都是那麼看待你。」

這真是糟糕的玩笑。

而且如果如同樸小姐所說，所有活著的貴族都是那麼想的話，她和橙子小姐不也包含在內嗎？

＊

不管怎麼看都很突兀的我走在王城裡，理所當然時不時被騎士攔下來問話。
但是只要楪小姐報上我們的名字，所有人都會說聲：「恕我失禮！」便低頭致歉，乾脆地把路讓出來。好厲害。
這就是公爵家擁有的絕對權力，真是太厲害了……！
我懷著這種想法用崇拜的眼神望向楪小姐，她卻顯得很傻眼。
「雖然我不知道你誤會了什麼，但是他們低頭的對象不是我，而是你喔？」
「我不太明白妳在說什麼。而且各位騎士根本不可能知道我的名字和長相吧？」
聽到我的否定，走在身後的鈴葉插嘴了。
「那麼哥哥，你就反過來想一下吧？」
「怎麼想？」
「楪小姐的名字和長相都廣為人知，更何況他們都是負責守備王城的騎士，應該不會有不認識她的愚蠢之徒。所以當他們見到楪小姐時，就知道眼前的人是誰。」
「是啊。」

「那麼樑小姐完全沒有必要報上自己的名字——可是當她說出自己的名字和哥哥的名字之後，所有騎士都毫無例外連忙讓路。既然騎士們會那麼惶恐地讓路，除了聽到哥哥的名字以外沒有其他原因吧？」

「哈哈，那怎麼可能有這種蠢事。」

我華麗地忽視鈴葉的說法，鈴葉不知為何與樑小姐對視一眼，同時無奈聳肩。

「好吧，這件事就算了。不過你在面對橙子的親衛隊時要抬頭挺胸喔？」

「怎麼這麼突然？」

「現在還堅守崗位的親衛隊都是些有骨氣有實力的人，他們全都拒絕兩個笨蛋王子的邀請，選擇了橙子。所以沒辦法在那場政變保護橙子，讓他們真心感到悔恨——對他們來說，救出橙子的你是救國英雄，更是完成豐功偉業的英傑。」

「咦？」

「無論你是怎麼看待自己，那些人全都迷上你嘍。畢竟他們即使知道你是平民，仍然直接向橙子提出請求，希望讓你立即擔任新的騎士團總長呢。而且所有幹部都是這麼想的。」

「…………」

「你當然沒有責任和義務回應他們的請求——但是他們心中的救國英雄要是一副無精打采的模樣，將會嚴重打擊軍隊士氣。所以拜託你了。」

「好、好的。我明白了。」

我露出嚴肅的表情點頭回應。

——即使我只是在裝模作樣。

但是只要有人需要我這麼做，我就會毅然地昂首闊步。

＊

我們順利混進舞會會場。

畢竟權力結構的變化太大，所有貴族都在忙著收集情報。

登基典禮的宮中舞會就是最適合這麼做的地方。

根本沒空理會看似平民的陌生男子。

「真是的。如果你一開始就過來參加，我們就可以光明正大登場，還能讓你穿上更加體面的服裝……」

「啊！哥哥，就是那個！我發現目標了！」

楪小姐剛才好像說了什麼，但是我們的目光完全被會場角落深深吸引。

是壽司。

是提供壽司的餐台。

是高級壽司吃到飽！呀呼！

「不過鈴葉，現在還不行喔。」

「哥哥！為什麼要阻止我！」

「雖然我也很想馬上衝過去——可是在那之前，我們得先跟橙子小姐打聲招呼才行。既然她讓我們免費吃壽司，就不能失了禮數喔？」

「真不愧是哥哥！」

「不不不，我說你們啊，參加派對時向主辦者打招呼是理所當然的事吧？況且你們是否忘了現在是登基典禮之後的舞會？」

雖然楪小姐對於我們的行為感到傻眼，但是她根本不明白面對高級壽司近在眼前的情況，平民要克制自我欲望有多麼困難。所以說貴族就是這樣，一點也不懂民間疾苦。

我們很快就找到橙子小姐。

橙子小姐待在會場的最深處，正在與某位貴族談話。更有許多等待問候橙子小姐的貴族在她面前排了長長的隊伍。這也是理所當然的事吧。

「唔……」

「哥哥，怎麼辦？要去排隊嗎？」

「不，現在混進貴族的隊伍裡不太好。感覺會花很多時間，而且不適合我們……等到沒什麼人排隊時再過去簡單問候吧。」

「可是今天是登基典禮，我覺得舞會會場等待問候女王的人只多不少。」

「嗯……」

真傷腦筋。

我覺得在問候橙子小姐之後再去盡情吃到飽比較有禮貌。

可是平民混在貴族的隊伍裡，會給人一種不懂得看場合的感覺。

我突然靈光一閃。這次的情況緊急，沒有其他辦法了。

所以我打算請身為大貴族的楪小姐代為傳話給橙子小姐，然後在親眼看著她把話帶到的瞬間衝向壽司餐台，這樣應該就算保有最低限度的禮貌了吧。等到下次有機會再和她面對面好好問候。

——這時不能思考請身為大貴族的楪小姐跑腿究竟對或不對，否則就吃不到壽司了。

「那個……雖然對楪小姐很不好意思，但是我想拜託妳一件事。」

「不用說了，我懂。光是這樣就能明白你的意思。」

「真不愧是楪小姐！真可靠！」

「呵呵！我可是你的夥伴，自然能意識到這點小事。我對自己的音量也很有自信。」

音量？

這與聲音大小有什麼關係嗎？

我根本沒有時間思考這些疑惑。

楪小姐就做出那件完全出乎我的預料，絕對想像不到的事。

她站在我的身旁，朝著遠方的橙子小姐大喊！

「女王陛下！您的救命恩人到場了！」

我不由得大吃一驚。

會場裡所有人的視線全都看了過來。

面對如此荒謬的情況，我提心吊膽地望向橙子小姐，只見她莫名露出燦爛的笑容向我招手。怎麼會這樣？

楪小姐也是以自己做了件好事的模樣對我豎起大拇指。

「好了，過去吧。」

「不對，現在那裡都是貴族，我過去會不會很失禮……？」

「女王都招手要你過去了，你不照做才是失禮吧。快點去。」

像是被楪小姐推了一把的我邁步向前。

當我戰戰兢兢走向橙子小姐時，再次發生了令人難以置信的事。

四周的貴族有如潮水一般退開，在我和橙子小姐之間讓出了一條路。
彷彿是覺得不能妨礙我一樣。
然後——

啪……啪啪啪……啪啪啪啪啪啪……！

——不曉得是誰帶頭的，眾人接連開始拍手，最終全場響起如雷的掌聲。
有如在歡迎姍姍來遲的救國英雄。
事到如今我也不可能回頭。
最後好不容易來到橙子小姐面前——

「真是的，你終於來了。」
「——今天真的很恭喜您。新女王陛下。」
「不行喔？我明明跟鈴葉兄說過要叫我橙子了。」
「……這裡可是公開場合，不是私下會面。我覺得不能表現出過於親暱的態度。而且周圍還有許多貴族。」

「那些都不重要——各位聽我說！如果有人反對救了我一命的救國英雄直呼我的名字，現在立刻報上名來！」

聽到橙子小姐過於突然的宣言，有幾位貴族似乎有所動靜，但是橙子小姐繼續說道：

「當然了，反對者在說出自己的意見之前，先發表一下自己在我成為女王的過程中做了哪些貢獻！」

這句話讓所有打算行動的貴族們毫無例外停了下來，並且陷入沉默。

「你看，沒有人反對吧？所以沒問題的。」

「……感覺妳很強硬耶……？」

「在意這點小事的話，壽司會變得不好吃喔？」

那可不行。

既然如此，我就老實依照橙子小姐的要求去做吧。

況且這也是女王的命令。

「那麼重來一次。橙子小姐，今天真的很恭喜妳。」

「謝謝你。我能有今天，全都要感謝鈴葉兄。」

「不不不，一切都是橙子小姐自己努力的成果。」

「要是沒有你，我根本不可能像這樣成為女王……算了，這方面的事真要詳細解釋起來，可能得一直講到晚上吧。」

橙子小姐還是和往常一樣，說著讓人摸不清頭緒的話。

更何況即使跟我說什麼貴族政治還有陰謀之類的話題，我也完全聽不懂就是了。

「先不說這個了。今天我要向鈴葉兄提個建議喔。」

「……什麼？」

「我原本是想在登基典禮時與我的即位宣言一起儘快宣布的，可是鈴葉兄沒有來參加。所以啊，我想在典禮之後的晚宴發表應該也沒關係。」

「雖然不清楚妳在說什麼，但是我有種不好的預感，所以請容我全力拒絕。」

一聽到我拒絕，橙子小姐莫名望著遠方喃喃說道：

「現在是秋天，接下來就要入冬了……是魚的脂肪豐厚，壽司非常美味的季節。」

「唔！」

「最經典的果然是鮪魚腹肉吧。聽說其他國家的鮪魚都是用烤的，好像連貓都不吃。但我國的漁夫不管是釣鮪魚的技術還是冷凍保存魔法都是最先進的，所以我們這裡的鮪魚真——的很好吃喔。鈴葉兄喜歡鮪魚上腹肉嗎？」

「撇開價格不提是我最喜歡的食物！」

「這樣啊。不過比起冬天的鮪魚上腹肉和海膽，我其實更喜歡剝皮魚呢。把充滿彈性的剝皮魚肝放在握壽司上，吃進嘴裡就會融化喔。」

「這、這個世界上竟然有那麼棒的食物……！」

「還有白子也很美味呢。你知道嗎？好的白子完全沒有腥味喔？然後細細咀嚼時會有種複雜的甜味在口中擴散。這時白子的柔嫩口感實在教人無法抗拒——」

「唔、唔哇……！」

「——那麼鈴葉兄，要是你願意答應我的小小請求，剛才提到的美味鮪魚上腹肉和海膽還有剝皮魚以及白子，全都能讓你吃到飽喔。怎麼樣啊？」

「我很樂意接受。」

二話不說馬上點頭。

我信任橙子小姐。

況且她似乎也認可我這個救命恩人的身分。

所以她的請求再怎麼困難，應該也不會糟糕到哪裡去。

既然如此，我的答案當然只有答應。

——我會這麼想，肯定是被壽司的魅力迷惑了。

聽到我的答覆，橙子小姐露出計畫得逞的笑容：

「說好了喔。絕對不會讓你逃掉的。」

「咦？這是什麼意思……」

「各位！聽我說！」

接著橙子小姐斜眼看著驚訝的我，同時對來自全國各地的貴族們高聲宣言。

——為了獎勵我的赫赫功績。

因為叛變遭到肅清，失去繼承人的羅安格林邊境伯爵家將由在場的我繼承——

於是就在還搞不清楚狀況之時。

這一天我從平民變成了不起的貴族大人。

epilogue

終章

這還是第一次見到鈴葉兄怯生生的模樣。

橙子突然意識到這一點，不禁輕笑出聲。

鈴葉兄被貴族們包圍，疲於應付來自四面八方的問候，左右為難。

這樣的他絲毫不見與傍徨白髮吸血鬼戰鬥時，或者是前來王宮拯救自己時，那名極為值得依賴的可靠青年模樣。

看起來只是個和善的平民小兄弟慌張地不知所措。

「橙子。」

橙子配合靠近的楪，離開過來問候的貴族們。

到了距離貴族足夠遠的地方，橙子終於恢復原來的表情。

「呼。累死我了——」

「這樣好嗎？今天是橙子的大日子吧？」

楪的言下之意是問她不繼續打招呼真的好嗎？橙子對此輕輕搖頭。

「沒事沒事——反正我已經問候過大部分的貴族了，而且……」

橙子的目光落在努力應付著貴族，眼神卻不時飄向壽司餐台的鈴葉兄身上。

「今天主角的位置已經屬於鈴葉兄了。」

「那倒也是。」

「感覺總算能夠放鬆一下——」

儘管橙子正式成為女王，問題仍然堆積如山。

她的兄弟發起的與鄰國的戰爭，至今仍在持續。

也得儘快重新分配遭到肅清的貴族原有領地。

此外在歷經政變後，這個國家有太多於中央擁有權力的人從舞台上消失。

要穩定女王的政權，想必還得付出難以估量的辛勞與時間。

即便如此。

「我的身邊有楪、鈴葉，更重要的是有鈴葉兄——所以沒問題吧？」

「是啊。沒問題的。」

話說到這裡，鈴葉兄的方向傳來熱烈的歡呼聲。

似乎是有名貴族找他比力氣。

她們都很熟悉那名貴族。

他正是不久前意圖對鈴葉兄直呼橙子名字一事提出反對意見的貴族之一。

雖說如此，但是橙子先發制人的一句話便輕易讓他閉嘴。

「那傢伙啊。他愛炫耀自己的力量是沒什麼關係，但是腦袋特別頑固……」

「不過也可以說就是多虧這種個性，才沒有答應參加那兩人策劃的政變，所以最後好好活下來了——」

禿頭的中年貴族滿臉通紅握著鈴葉兄的手。

看來中年貴族是以問候的名義和他握手，然後使盡全力。

反觀鈴葉兄還是一臉茫然。

「啊哈哈！妳看鈴葉兄的表情，他根本沒有意識到自己遭到攻擊！」

「真是愚蠢的男人。他似乎很自豪自己有能力捏碎蘋果，但是那點程度怎麼可能和鈴葉的兄長抗衡。就連亞馬遜的兩個軍團長聯手都不是他的對手喔？」

「是啊，要是鈴葉兄有那個意思，不只是他的手，連頭也會被他輕易捏碎吧——」

「本質上是個笨蛋這點，就某方面來說有軍人的素質，但是那也太慘了……」

「這番話也適用於完全沒意識到的鈴葉兄……啊，他注意到了嗎？」

四周群眾的舉動，似乎讓鈴葉的兄長終於察覺自己正被對方全力緊握。

「鈴葉兄該不會覺得這是貴族的餘興節目吧？」

「我有不好的預感……啊啊！」

「啊哈哈哈！他反過來握回去了！」

鈴葉兄可能只是覺得稍微加重手中的力道而已。

她們兩人都是如此確信。

要不然那個男人的手掌肯定會消失無蹤。

「我原本還打算找個場合讓貴族們見識鈴葉兄的力量……看樣子不需要了吧？」

「是啊。」

那個男人以自己的力量為豪，是著名的武鬥派貴族，但即便只是單純的比力氣，也完全無法帶給鈴葉兄任何威脅。

見到這個情況之後，應該不會再有貴族能夠主張鈴葉兄的功績只是巧合，或者懷疑他利用了楪的武力和權威吧。

鈴葉兄擔心地看著在地上痛苦打滾的男人，但是很快就有衛兵趕來將他送往醫務室。

四周的貴族則是完全加以無視。

畢竟是他自己主動找麻煩，並且輸得十分澈底。

高下立判。這便是他們的感想。

比起同情失敗者，奉承強者更是貴族維持地位生存下去的第一條件。

貴族愈發激烈的攻勢，使得鈴葉的兄長更加難以招架。

「他們一定是在說要把女兒嫁給他吧——」

「肯定沒錯。真是愚蠢，鈴葉的兄長的結婚對象，當然會出自我們櫻木公爵家。」

「既然還沒有定下來，就有翻盤的機會吧——」

畢竟從各方面來看，樑的特質都太過極端。如果她成為結婚對象，可能會有很多男人感到卻步。

例如喜歡貧乳的人，或是蘿莉控等等——

「對了，橙子。我覺得鈴葉的兄長一直瞄向我們這邊，是我的錯覺嗎？」

「咦？啊，對啊。應該是那個吧——」

「這樣啊。鈴葉的兄長果然在尋求我的協助嗎？」

「咦？不是，妳應該誤——」

「哼哼，真是傷腦筋的傢伙。我就是認為得讓他習慣這種場合，才會刻意躲到遠一點的地方觀察——他遇到危機的時候，果然會找我這個夥伴求救呢！」

「不是，他在看的不是我們——」

「真是拿你沒辦法！等著吧，我這個夥伴馬上去幫你——！」

如此說道的樑乾脆離去，只留下一個背影。

After my sister
enrolling in
Girl Knights'School,
I become a HERO.

「——我覺得鈴葉兄不是在看我們，而是背後的壽司餐台喔——？」

橙子原本打算這麼說的，最後還是沒有說出口。

今天對這個國家的未來而言，是個非常值得慶祝的重要日子。她並不想因此壞了美好的氛圍。

畢竟今天這個日子……

是成功將勉強配得上他的地位，給予國家未來最重要之人的紀念日——

postscript

後記

這部作品原本是在カクヨム投稿的網路小說。

然而我寫作的契機，其實是因為腦中的瑪麗・安東尼對我說：「想看輕鬆的異世界模板小說，但是不要流行的書籍化模板！」

因為她對我提出這種困難的要求，所以本作比起常見的作品顯得稍微有點偏得不合理。

最明顯的就是女主角吧。

通常作品裡的女主角都會安排蘿莉、柔弱、獸耳等屬性，以豐富的類型滿足不同讀者的喜好。沒錯。

但是本作不依循常理，所有女主角都是巨乳，而且全是戰鬥天才，從這方面來看，我覺得普通作品不可能出現這種狀況。不過這是我個人的喜好。欸嘿呸嘍。

如果是募集投稿的話，這種作品應該會讓編輯提出「至少加個蘿莉進去吧」之類的指示，進而聽從建議修改吧。

除此之外也有其他類似的設定，不過這都是基於我抱著「反正網路是自由的」的輕鬆想

法，以網路小說形式呈現的創作。

本作意外受到大家好評，於是在眾多閱讀本作的讀者支持下，帶著宣傳性質請大家「點擊支持」，最終竟然在第七屆カクヨム網路小說大賽獲得特別賞。

坦白說我自己是最驚訝的。此外也感到稍微有點後悔。

早知道會這樣，一開始就應該取個說出來也不會丟臉的優秀筆名。

——這個話題先聊到這裡，總之這部作品是「想寫給自己看」的那種小說。

如果有讀者和我擁有相同嗜好，能在通勤或是上下學時藉由閱讀本作多少舒緩自己的疲勞，那麼沒有比這更令人高興的事。

本作的成書過程自然受到許多人的協助。

給予評價並留言的各位網路版讀者、編輯M大人、提供超可愛插圖的なたーしゃ老師，以及所有與本作相關的各位。

最重要的是拿起本書閱讀的讀者。

我由衷地感謝各位。

國家圖書館出版品預行編目資料

妹妹進入女騎士學園就讀,不知為何成為救國英雄的人竟是我。/ラマンおいどん作 ; 貓月齋譯. -- 初版. -- 臺北市 : 臺灣角川股份有限公司, 2023.10-
冊 ; 公分. -- (Kadokawa fantastic novels)

譯自 : 妹が女騎士学園に入学したらなぜか救国の英雄になりました。ぼくが。
ISBN 978-626-378-052-1(第1冊 : 平裝)

861.57 112013283

Kadokawa Fantastic Novels

妹妹進入女騎士學園就讀，不知為何成為救國英雄的人竟是我。 1

（原著名：妹が女騎士学園に入学したらなぜか救国の英雄になりました。ぼくが。 1）

2023年10月11日　初版第1刷發行

作　者：ラマンおいどん
插　畫：なたーしゃ
譯　者：貓月齋

發行人：岩崎剛人
總編輯：蔡佩芬
副主編：楊鎮遠
設計指導：陳晞叡
印　務：李明修（主任）、張加恩（主任）、張凱棋

發行所：台灣角川股份有限公司
地　址：104台北市中山區松江路223號3樓
電　話：（02）2515-3000
傳　真：（02）2515-0033
網　址：www.kadokawa.com.tw
劃撥帳戶：台灣角川股份有限公司
劃撥帳號：19487412
法律顧問：有澤法律事務所
製　版：尚騰印刷事業有限公司
ISBN：978-626-378-052-1